Anton Tschechows *Die Dame mit dem Hündchen* ist »eine der größten Geschichten, die je geschrieben wurden« (*Vladimir Nabokov*). Die bewegende und skurrile Geschichte eines ungleichen Paares, das bereit ist, seine Liebe gegen alle gesellschaftlichen Widerstände zu leben, leitet diesen Band ein. Er versammelt die schönsten Geschichten über die Liebe aus dem Werk Anton Tschechows.

»Für mich bleibt Tschechow unerreicht: Er schrieb Komödien der Verzweiflung über das Leiden und die Sehnsüchte der Menschen. Und weil man davon gleichzeitig amüsiert ist und zerrissen wird, wirkt seine Kunst so eindringlich.« *Woody Allen*

Anton Pawlowitsch Tschechow, am 29. Januar 1860 im russischen Taganrog geboren, gilt als der bedeutendste russische Erzähler und Dramatiker des ausgehenden 19. Jahrhunderts. Mit Stücken wie *Onkel Wanja*, *Die drei Schwestern* und *Der Kirschgarten* wurde er weltberühmt. An Tuberkulose erkrankt, starb er am 15. Juli 1904 während eines Kuraufenthaltes in Badenweiler (Schwarzwald).

Im insel taschenbuch liegen außerdem von ihm vor: *Die großen Dramen* (it 2989) und *Die Dame mit dem Hündchen und andere Erzählungen* (it 174).

insel taschenbuch 4535

Anton Tschechow

Die schönsten Liebesgeschichten

Anton Tschechow
Die schönsten Liebesgeschichten

Insel Verlag

Umschlagabbildung: Erich Lessing/akg-images

Erste Auflage 2012
insel taschenbuch 4535

Hinweise zu dieser Ausgabe am Schluß des Bandes
Vertrieb durch den Suhrkamp Taschenbuch Verlag
Umschlag: bürosüd, München
Satz: Hümmer GmbH, Waldbüttelbrunn
Druck: CPI – Ebner & Spiegel, Ulm
Printed in Germany
ISBN 978-3-458-36235-7

Inhalt

Die Dame mit dem Hündchen

Man erzählte, daß am Badestrand ein neues Gesicht aufgetaucht sei: eine Dame mit einem Hündchen. Dmitrij Dmitritsch Gurow, der schon zwei Wochen in Jalta lebte und sich hier bereits eingewöhnt hatte, begann sich ebenfalls für neue Gesichter zu interessieren. Als er im Pavillon bei Vernet saß, sah er, wie eine junge Dame über den Strand ging, eine Blondine mittleren Wuchses, im Barett; ein weißer Spitz lief ihr nach.

Und dann begegnete er ihr einige Male am Tag im Stadtpark und auf dem Square. Sie ging allein spazieren, immer mit ein und demselben Barett, mit dem weißen Spitz: niemand wußte, wer sie sei; man nannte sie einfach: die Dame mit dem Hündchen.

»Wenn sie ohne ihren Mann und ohne Bekannte hier ist«, dachte Gurow bei sich, »so wäre es nicht überflüssig, ihre Bekanntschaft zu machen.«

Er war noch nicht vierzig Jahre alt, aber er hatte bereits eine zwölfjährige Tochter und zwei Söhne, die ins Gymnasium gingen. Man hatte ihn früh verheiratet, als er noch Student im zweiten Semester war, und jetzt schien seine Frau fast doppelt so alt zu sein wie er. Sie war eine hochgewachsene Frau mit dunklen Augenbrauen, von aufrechter Haltung, stattlich, solid und, wie sie selbst sich nannte, eine denkende Frau. Sie las viel, gebrauchte in den Briefen nicht das »harte Zeichen«, nannte ihren Mann nicht Dmitrij, sondern Dimitrij, aber insgeheim hielt er sie für beschränkt, engstirnig und unvornehm, fürchtete sich vor ihr und war nicht gern zu Hause. Schon lange hatte er angefangen, ihr untreu zu werden, er hinterging sie häufig und sprach wahrscheinlich deshalb fast immer schlecht von den Frauen; und wenn man in seiner Gegenwart von ihnen sprach, so nannte er sie: »Ein erbärmliches Geschlecht!«

Er meinte durch bittere Erfahrung genügend belehrt zu sein, um die Frauen beliebig betiteln zu können, aber doch hätte er ohne das »erbärmliche Geschlecht« auch nicht zwei Tage leben können. In der Gesellschaft von Männern war es ihm langweilig, er fühlte sich dort unbehaglich, ihnen gegenüber war er ungesprächig und kalt; wenn er sich aber unter Frauen befand, so fühlte er sich frei und wußte, worüber er mit ihnen zu sprechen und wie er sich zu benehmen hatte, und sogar mit ihnen zu schweigen war ihm leicht. In seinem Äußeren, seinem Charakter, in seinem ganzen Wesen lag etwas Anziehendes, Ungreifbares, was ihm die Frauen gewann und sie anlockte; er wußte das, und auch ihn selbst zog eine unbekannte Kraft zu ihnen hin.

Häufige und tatsächlich bittere Erfahrung hatte ihn schon längst gelehrt, daß jede Annäherung, die anfangs eine so angenehme Abwechslung in das Leben bringt und als ein liebes, angenehmes Abenteuer erscheint, bei ordentlichen Menschen, und besonders bei den schwerfälligen, unentschlossenen Moskauern, sich unvermeidlich zu einer aufreibenden und ungemein schwierigen Aufgabe auswächst und schließlich eine kritische Lage verursacht. Aber bei jeder neuen Begegnung mit einer interessanten Frau war diese Erfahrung irgendwie dem Gedächtnis entschwunden, und im Verlangen nach Leben schien alles so einfach und unterhaltend zu sein.

Und so speiste er denn einmal gegen Abend im Park, und die Dame im Barett kam langsamen Schrittes heran, um sich an den Nebentisch zu setzen. Ihr Gebaren und Gang, ihre Kleidung und Frisur sagten ihm, daß sie aus guter Gesellschaft sei, verheiratet, zum ersten Male in Jalta und allein, daß sie sich hier langweile ... An den Erzählungen über die Unkeuschheit der Sitten auf Jalta war viel Unwahres, er verachtete sie und wußte, daß derartige Erzählungen meist von Leuten erfunden wurden, die selbst gern gesündigt hätten, wenn sie es verstanden hätten; als sich aber die Dame drei Schritte von ihm an den Nebentisch setzte, fielen ihm diese Erzählungen von leichten Siegen und von Ausflügen ins Gebirge ein, und der verführerische Gedanke an eine rasche, flüchtige Liaison, an eine Liebesgeschichte mit einer unbekannten Frau, deren Namen man nicht weiß, wurde plötzlich in ihm mächtig.

Freundlich lockte er den Spitz zu sich heran, und als er herangekommen war, drohte er ihm mit dem Finger. Der Spitz fing zu knurren an. Gurow drohte noch einmal.

Die Dame blickte ihn an und senkte sofort die Augen.

»Er beißt nicht«, sagte sie und errötete.

»Darf ich ihm einen Knochen geben?« Und als sie bejahend mit dem Kopf nickte, fragte er freundlich: »Sie sind schon lange in Jalta?«

»Etwa fünf Tage.«

»Und ich verbringe hier schon die zweite Woche.«

Sie schwiegen ein Weilchen.

»Die Zeit vergeht rasch, und doch ist es hier so langweilig!« sagte sie, ohne ihn anzublicken.

»Es ist üblich zu sagen, daß es hier langweilig sei. Der Spießbürger lebt irgendwo in einem Nest wie Beljow oder Shisdra – und dort langweilt er sich nicht; wenn er aber hierher kommt, heißt es: ›Ach, wie langweilig! Ach, welcher

Staub!‹ Man könnte annehmen, er sei aus Granada hergekommen.«

Sie lachte auf. Dann aßen sie beide schweigend weiter wie Unbekannte, aber nach dem Essen gingen sie nebeneinanderher – und es begann ein scherzhaftes, leichtes Gespräch, wie es freie und zufriedene Menschen führen, denen es gleichgültig ist, wohin sie gehen und worüber sie sprechen. Sie promenierten auf und ab und sprachen darüber, wie seltsam das Meer beleuchtet sei: das weiche und warme Wasser war fliederfarben, und vom Mond ging ein goldener Streifen darüber hin. Sie sprachen davon, wie schwül es nach dem heißen Tage sei. Gurow erzählte, daß er Moskauer und seiner Ausbildung nach Philologe, jetzt aber bei einer Bank angestellt sei; daß er sich einst darauf vorbereitet habe, auf einer privaten Opernbühne aufzutreten, es aber aufgegeben habe; daß er in Moskau zwei Häuser besitze ... Und von ihr erfuhr er, daß sie in Petersburg aufgewachsen sei, aber nach Ss. geheiratet habe, wo sie bereits zwei Jahre lebe, daß sie in Jalta noch etwa einen Monat bleiben und ihr Mann vielleicht herkommen werde, der sich auch erholen wolle. Sie war nicht imstande zu erklären, wo ihr Mann tätig sei – in der Gouvernementsverwaltung oder im Landschaftsamt, und das erschien ihr selbst komisch. Und Gurow erfuhr noch, daß sie Anna Ssergejewna heiße.

Später in seinem Hotelzimmer dachte er, daß sie ihm morgen sicherlich begegnen werde. So mußte es sein. Als er zu Bett ging, überlegte er bei sich, daß sie noch vor kurzer Zeit Schülerin gewesen sei, genauso wie jetzt seine Tochter. Es fiel ihm ein, wieviel Schüchternheit, Eckigkeit in ihrem Lachen, in ihrem Gespräch mit einem Unbekannten gewesen sei – und zweifellos war sie zum erstenmal in ihrem Leben allein, in einer solchen Situation, wo man ihr nachging, sie ansah und mit ihr sprach, immer nur mit dem einen heimlichen Ziele, das sie doch erraten mußte. Er dachte an ihren feinen und dünnen Hals, die schönen grauen Augen.

»Sie hat etwas Rührendes an sich«, dachte er und schlief ein.

2

Eine Woche war vergangen, seitdem sie sich kennengelernt hatten. Es war Feiertag. In den Zimmern drückte die Schwüle, auf den Straßen aber wirbelte der Wind den Staub auf und riß die Hüte von den Köpfen. Den ganzen Tag über empfand man Durst, und Gurow ging häufig in den Pavillon und bot Anna Ssergejewna bald Wasser mit Sirup, bald Eis an. Man wußte nicht, wo man bleiben sollte.

Abends, als es etwas stiller geworden war, gingen sie auf die Mole, um zuzusehen, wie der Dampfer ankam. An der Anlegestelle waren viele Spaziergänger, die sich versammelt hatten, um jemanden zu empfangen, sie hatten Blumensträuße in den Händen. Und deutlich fielen zwei Besonderheiten des eleganten Jaltaer Publikums in die Augen: die alten Damen waren wie junge gekleidet, und man sah viele Generale.

Da stürmische See herrschte, kam der Dampfer spät, nachdem die Sonne schon untergegangen war, und er mußte lange lavieren, ehe er an der Mole anlegte. Anna Ssergejewna betrachtete den Dampfer und die Passagiere durch ihre Lorgnette, so als ob sie nach Bekannten suchte – und jedesmal, wenn sie sich Gurow zuwandte, glänzten ihre Augen. Sie sprach viel, und ihre Fragen waren abgerissen – sie selbst vergaß im Augenblick, wonach sie gefragt hatte; dann verlor sie in der Menge ihre Lorgnette.

Das elegante Publikum zerstreute sich, Menschen waren nicht mehr zu sehen, der Wind hatte sich gänzlich gelegt; Gurow und Anna Ssergejewna standen da, als erwarteten sie, daß noch jemand aus dem Dampfer aussteige. Anna Ssergejewna schwieg jetzt und roch an den Blumen, ohne Gurow anzusehen.

»Das Wetter hat sich gegen Abend etwas gebessert«, sagte er. »Wohin gehen wir jetzt? Sollten wir nicht irgendwohin fahren?«

Sie antwortete nichts.

Da blickte er sie aufmerksam an, und plötzlich umarmte er sie und küßte sie auf den Mund; ihn umgab der Duft und die Feuchte ihrer Blumen; sofort blickte er sich ängstlich um, ob sie jemand gesehen hätte.

»Gehen wir zu Ihnen ...«, sagte er leise.

Und beide gingen rasch.

In ihrem Zimmer war es schwül, es roch nach dem Parfüm, das sie im japanischen Laden gekauft hatte. Gurow dachte, indem er sie jetzt betrachtete: »Was gibt es im Leben für Begegnungen!« Aus der Vergangenheit war ihm die Erinnerung an sorglose, gutmütige Frauen geblieben, die die Liebe fröhlich machte und und die ihm dankbar waren für das Glück, wenn es auch sehr kurz war; an solche Frauen, wie zum Beispiel seine Frau, die ohne Aufrichtigkeit liebten, mit überflüssigen Gesprächen, affektiert, hysterisch, mit einem Ausdruck, als ob es sich nicht um Liebe, nicht um Leidenschaft handelte, sondern um etwas Bedeutungsvolleres. Auch an zwei, drei Frauen erinnerte er sich, sehr schöne, kalte, über deren Antlitz plötzlich ein raubtierartiger Ausdruck flog, der eigensinnige Wunsch, mehr zu nehmen, dem Leben mehr zu entreißen, als es zu geben vermag – das waren Frauen, die nicht mehr ganz jung, launisch, nachdenklich, herrschsüchtig und nicht klug waren; und wenn Gurow ihnen gegenüber erkaltete, dann erregte ihre Schönheit in ihm Haß, und die Spitzen an ihrer Wäsche kamen ihm dann wie Schuppen vor ...

Hier aber war es immer dieselbe Schüchternheit, Eckigkeit unerfahrener Jugend, das Gefühl der Unsicherheit; und es entstand der Eindruck des Abwartens, als hätte jemand plötzlich an die Türe gepocht. Anna Ssergejewna, diese »Dame mit dem Hündchen«, verhielt sich zu dem, was geschehen war, ganz eigenartig, sehr ernst, so als ob sie »gefallen« wäre – so schien es, und das war seltsam und unangebracht. Ihre Züge verblichen und verwelkten, das lange Haar hing ihr traurig ins Gesicht – sie versank, wie die Sünderin auf dem alten Gemälde, ganz in eine Trauerpose.

»Das war nicht gut«, sagte sie. »Sie sind der erste, der mich jetzt nicht achten wird.«

Auf ihrem Tisch im Zimmer lag eine Melone. Gurow schnitt sich ein Stück ab und aß es langsam. Es verging wenigstens eine halbe Stunde im Schweigen.

Anna Ssergejewna war rührend, die Reinheit einer anständigen, naiven, lebensunerfahrenen Frau ging von ihr aus; die einsame Kerze, die auf dem Tisch brannte, erhellte kaum ihr Gesicht, aber man konnte sehen, daß es ihr schwer ums Herz war.

»Wie könnte ich wohl aufhören, dich zu achten?« fragte Gurow. »Du weißt selbst nicht, was du sprichst.«

»Möge Gott mir verzeihen!« sagte sie, und ihre Augen füllten sich mit Tränen. »Das ist entsetzlich.«

»Es ist, als wolltest du dich rechtfertigen.«

»Womit könnte ich mich rechtfertigen? Ich bin eine schlechte und gemeine Frau, ich verachte mich und denke nicht an Rechtfertigung. Nicht meinen Mann habe ich betrogen, sondern mich selbst. Und jetzt nicht erst, sondern schon lange betrüge ich ihn. Mein Mann ist vielleicht ein ehrlicher, guter Mensch, aber er ist ein Lakai! Ich weiß nicht, was er dort tut, wie er dient, ich weiß nur, daß er ein Lakai ist. Als ich ihn heiratete, war ich zwanzig Jahre alt, mich verzehrte die Neugierde, ich verlangte nach etwas Besserem; es gibt ja doch – sagte ich mir – ein anderes Leben. Ich wollte leben. Leben und leben ... Die Neugier brannte mich ... Sie können das nicht verstehen, aber ich schwöre bei Gott, ich konnte mich nicht beherrschen, irgend etwas ging mit mir vor, man konnte mich nicht zurückhalten, ich sagte meinem Manne, daß ich krank sei, und reiste hierher ... Und hier ging ich immer herum wie betäubt, wie wahnsinnig ... und jetzt bin ich eine gemeine, schlechte Frau geworden, die jeder verachten kann.«

Gurow wurde es bereits langweilig zuzuhören; ihn reizte der naive Ton, diese so unerwartete und unangebrachte Beichte; hätte sie nicht Tränen in den Augen gehabt, so hätte man denken können, daß sie scherze oder eine Rolle spiele.

»Ich verstehe nicht«, sagte er leise, »was willst du nur?«

Sie verbarg ihr Gesicht an seiner Brust und schmiegte sich an ihn.

»Glauben Sie, glauben Sie mir, ich beschwöre Sie ...«, sagte sie. »Ich liebe das ehrliche, saubere Leben, und die

Sünde ist mir zuwider; ich weiß selbst nicht, was ich tue. Die einfachen Leute sagen: der Böse hat sie verführt. Auch ich kann jetzt von mir sagen, daß der Böse mich verführt hat.«

»Genug, genug ...«, murmelte er.

Er blickte ihr in die starren, erschrockenen Augen, küßte sie, sprach still und freundlich, und allmählich beruhigte sie sich, und die Heiterkeit kehrte zu ihr zurück; beide begannen zu lachen.

Als sie dann hinausgingen, war am Strande kein Mensch mehr; die Stadt mit ihren Zypressen hatte ein völlig totes Aussehen, doch das Meer rauschte noch und schlug an das Ufer; eine Barkasse schaukelte auf den Wellen, und schläfrig blinkte ihre kleine Laterne.

Sie fanden eine Droschke und fuhren nach Oreanda.

»Ich habe eben unten im Vestibül deinen Familiennamen erfahren: auf der Tafel steht: von Diederitz«, sagte Gurow. »Dein Mann ist Deutscher?«

»Nein, sein Großvater, glaube ich, war Deutscher, er selbst ist rechtgläubig.«

In Oreanda saßen sie auf der Bank, nicht weit von der Kirche, blickten auf das Meer hinab und schwiegen. Jalta war durch den Morgennebel kaum zu sehen; auf den Gipfeln der Berge standen unbeweglich weiße Wolken. Das Laub an den Bäumen regte sich nicht; die Zikaden zirpten, und das einförmige, dumpfe Tosen des Meeres, das von unten heraufdrang, sprach von Ruhe, von dem ewigen Schlaf, der uns erwartet. So rauschte es unten, als es dort weder Jalta noch Oreanda gab, so rauscht es jetzt und wird ebenso gleichgültig und dumpf rauschen, wenn wir nicht mehr sein werden. Und in dieser Beständigkeit, der vollen Gleichgültigkeit gegenüber Leben und Tod eines jeden von uns, ist vielleicht das Pfand unsres ewigen Heiles verborgen, der unaufhörlichen Bewegung des Lebens auf der Erde, der unaufhörlichen Vervollkommnung. Neben dieser jungen Frau sitzend, die in der Morgendämmerung so schön erschien, beruhigt und bezaubert angesichts dieser märchenhaften Szenerie – des Meeres, der Berge, der Wolken, des weiten Himmels –, dachte Gurow daran, daß im Grunde, wenn man es recht überlege, alles in dieser Welt schön sei, alles, mit Ausnahme dessen, was wir selbst denken und tun, wenn wir die höheren Ziele des Daseins, wenn wir unsere menschliche Würde vergessen.

Es trat irgendein Mensch heran, augenscheinlich ein Wächter, sah sie an und ging fort. Und diese Einzelheit schien so geheimnisvoll und auch schön. Man konnte sehen, wie der Dampfer aus Feodossja kam, beleuchtet von der Morgenröte und bereits ohne Lichter.

»Es liegt Tau auf dem Gras«, sagte Anna Ssergejewna nach langem Schweigen.

»Ja. Es ist Zeit, nach Hause zu fahren.«

Sie kehrten in die Stadt zurück.

Danach trafen sie sich jeden Mittag am Strande, frühstückten gemeinsam, aßen Mittag, promenierten, bewunderten das Meer. Sie klagte, daß sie schlecht schlafe und daß ihr Herz unruhig schlage, stellte immer ein und dieselben Fragen, bald von Eifersucht, bald von der Furcht gequält, daß er sie nicht genügend achte. Und auf dem Square oder im Park, wenn niemand in der Nähe war, zog er sie plötzlich an sich und küßte sie leidenschaftlich. Der vollkommene Müßiggang, diese Küsse am hellen Tage mit dem Umschauen und der Furcht, daß sie jemand gesehen hätte, die Hitze, der Geruch des Meeres und der beständige Anblick müßiger, geputzter, satter Menschen hatten ihn wie umgewandelt; er sprach zu Anna Ssergejewna davon, wie schön, wie verführerisch sie sei, war ungeduldig, leidenschaftlich, ging auch nicht einen Schritt von ihr fort; sie aber versank häufig in Nachdenken und bat ihn beständig, einzugestehen, daß er sie nicht achte, durchaus nicht liebe und in ihr nur eine banale Frau sehe. Fast jeden Abend, ziemlich spät, fuhren sie irgendwohin aus der Stadt hinaus, nach Oreanda oder zum Wasserfall; und die Ausflüge gelangen immer gut, jedesmal war der Eindruck unveränderlich schön und großartig.

Sie warteten darauf, daß ihr Mann einträfe. Aber es kam ein Brief von ihm, in dem er mitteilte, daß er an einer Augenkrankheit leide, und er bat seine Frau, so rasch wie möglich nach Hause zurückzukehren. Anna Ssergejewna begann sich zu beeilen.

»Es ist gut, daß ich abreise«, sagte sie zu Gurow. »Das ist ein Wink des Schicksals.«

Sie reiste im Wagen ab, und er begleitete sie. Sie fuhren den ganzen Tag. Als sie in den Kurierzug einstieg und das zweite Glockenzeichen ertönte, sagte sie: »Lassen Sie sich noch einmal anschauen ... Ich will Sie noch einmal sehen. So ...«

Sie weinte nicht, war aber traurig, als wäre sie krank, und ihr Gesicht zuckte.

»Ich werde an Sie denken ... mich Ihrer erinnern«, sagte sie. »Gott sei mit Ihnen. Denken Sie nicht schlecht von mir. Wir sagen für immer Lebewohl, so muß es sein; denn wir hätten uns niemals begegnen dürfen. Nun, Gott sei mit Ihnen.«

Der Zug fuhr rasch ab, seine Lichter verschwanden bald, und schon nach einer Minute hörte man kein Geräusch mehr, als ob sich alles verschworen hätte, so rasch wie möglich diese süße Hingerissenheit, diesen Wahn zu zerstören. Auf dem Bahnsteig zurückgeblieben und in die dunkle Ferne starrend, hörte Gurow das Zirpen der Grillen und das Summen der Telegraphendrähte mit einem Gefühl, als wäre er soeben erst erwacht. Und er dachte daran, daß er nun in seinem Leben noch ein Erlebnis oder Abenteuer gehabt hätte und daß auch dies nun schon vorüber und jetzt nur die Erinnerung geblieben sei. Er war gerührt, traurig und fühlte eine leichte Reue; denn diese junge Frau, die er nicht mehr wiedersehen würde, war mit ihm nicht glücklich; er war freundlich und herzlich zu ihr gewesen, aber immer war in seinen Liebkosungen ein Schatten leichten Spottes, der etwas rohe Hochmut des glücklichen Mannes durchgekommen, der dazu noch fast doppelt so alt war wie sie. Die ganze Zeit über hatte sie ihn einen guten, ungewöhnlichen, erhabenen Menschen genannt; anscheinend kannte sie ihn nicht als den, der er in der Tat war; das heißt, unwillkürlich betrog er sie ...

Hier auf der Station roch es schon nach Herbst, der Abend war kühl.

»Auch für mich ist es an der Zeit, wieder in den Norden zurückzukehren«, dachte Gurow, als er den Bahnsteig verließ. »Es ist Zeit!«

3

Zu Hause in Moskau war schon alles winterlich; man heizte die Öfen, und morgens, wenn sich die Kinder zur Schule fertig machten und Tee tranken, war es noch dunkel, und die Kinderfrau machte für einige Zeit Licht. Die Kälte hatte schon eingesetzt. Wenn der erste Schnee fällt, am ersten Tage der Schlittenfahrt ist es angenehm, die weiße Erde und die weißen Dächer zu sehen, es atmet sich weich und angenehm, und die jungen Jahre fallen einem ein. Die alten Linden und Birken, weiß vom Reif, sehen gutmütig aus, sie sind dem Herzen näher als die Zypressen und Palmen, und in ihrer Nähe mag man an Gebirge und Meer nicht denken.

Gurow war Moskauer. Er kehrte an einem schönen Frosttage in seine Heimatstadt zurück, und als er im Pelz und in warmen Handschuhen über die Petrowka ging, als er am Samstagabend das Glockenläuten hörte, da verloren die soeben beendete Reise und die Orte, in denen er gewesen war, für ihn jeden Reiz. Nach und nach tauchte er im Moskauer Leben unter, las täglich drei Zeitungen und behauptete, daß er grundsätzlich Moskauer Zeitungen nicht lese. Es zog ihn schon in die Restaurants und Klubs, zu Diners und Jubiläen, und es schmeichelte ihn schon wieder, daß bei ihm berühmte Advokaten und Künstler verkehrten und daß er im Klub der Doktoren mit einem Professor Karten spielte. Er konnte bereits eine ganze Portion Sseljanka auf der Pfanne verspeisen ...

Es wird etwa ein Monat vergehen, und Anna Ssergejewna, so vermeinte er, wird in seiner Erinnerung von einem Nebel zugedeckt werden, und nur zuweilen wird sie mit ihrem rührenden Lächeln im Traum erscheinen, wie auch die andern Frauen erschienen. Aber es war bereits mehr als ein Monat vergangen, der tiefe Winter war eingebrochen, und in seinem Gedächtnis blieb alles klar, deutlich, so als ob er sich gestern erst von Anna Ssergejewna getrennt hätte. Und die Erinnerungen brannten immer stärker und stärker. Wenn in der abendlichen Stille die Stimmen der Kinder, die ihre Schularbeiten machten, in sein Zimmer drangen, wenn er eine Romanze oder das Orchestrion im Restaurant hörte, wenn der Schneesturm im Kamin heulte – so erstand in seiner Erinnerung alles: das, was auf der Mole geschehen war, der frühe Morgen mit dem Nebel auf den Bergen, der Dampfer aus Feodossja und die Küsse. Lange ging er im Zimmer auf und ab, dachte daran und lächelte, die Erinnerungen verwandelten sich in Träumereien, und die Vergangenheit vermischte sich in seiner Vorstellung mit dem Zukünftigen. Anna Ssergejewna erschien ihm nicht als Traumbild, sondern folgte ihm wie ein Schatten überallhin und beobachtete ihn. Wenn er die Augen schloß, sah er sie lebend vor sich, und sie schien ihm schöner, jünger, zärtlicher, als sie es gewesen war, und auch er selbst kam sich besser vor, als er es damals in Jalta gewesen war. Sie blickte ihn abends aus dem Bücherschrank an, aus dem Kamin, aus der Ecke, er hörte ihren Atem, das liebliche Rauschen ihres Kleides. Auf der Straße verfolgte er die Frauen mit seinen Blicken und prüfte, ob nicht eine von ihnen ihr ähnelte.

Und schon begann ihn der heftige Wunsch zu quälen, mit irgend jemandem seine Erinnerungen zu teilen. Aber zu Hause konnte er über seine Liebe nicht sprechen, und außerhalb des Hauses fand er niemanden. Keinen unter den

Mietern und keinen in der Bank. Und was sollte er denn erzählen? Hatte er denn damals geliebt? War denn irgend etwas Schönes, Poetisches oder Lehrreiches oder einfach Interessantes in seinen Beziehungen zu Anna Ssergejewna gewesen? Und wenn er unbestimmt über Liebe oder über Frauen sprach, so konnte niemand erraten, worum es sich handelte, und nur seine Frau bewegte ihre dunklen Augenbrauen und sagte: »Dimitrij, dir liegt die Rolle eines Don Juan durchaus nicht.«

Als er einmal nachts mit seinem Spielpartner, einem Beamten, aus dem Klub der Doktoren kam, konnte er sich nicht enthalten zu sagen: »Wenn Sie wüßten, was für eine bezaubernde Frau ich in Jalta kennengelernt habe!«

Der Beamte stieg in den Schlitten und fuhr ab, plötzlich aber drehte er sich um und rief: »Dmitrij, Dmitrisch!«

»Was gibt's?«

»Heute abend hatten Sie recht: das Störfleisch hatte einen Stich!«

Diese einfachen Worte empörten plötzlich Gurow und schienen ihm erniedrigend, unsauber. Was für rohe Sitten, was für Gesichter! Was für sinnlose Nächte, was für uninteressante, nichtige Tage! Das wüste Kartenspiel, üppige Essereien, Trunk, beständige Gespräche über ein und dasselbe. Die unnützen Geschäfte und die Gespräche über ein und dasselbe nehmen den besten Teil der Zeit, unsere besten Kräfte für sich in Anspruch, und zu guter Letzt bleibt ein schwanz- und flügelloses Leben zurück, ein reines Larifari; wir können ihm nicht entgehen und nicht entfliehen, so als säßen wir im Narrenhaus oder im Gefängnis!

Gurow schlief die ganze Nacht nicht und war aufgeregt, er hatte dann den ganzen Tag Kopfschmerzen. Auch in den folgenden Nächten schlief er schlecht, saß immer aufrecht im Bett und dachte hin und her, oder er ging aus einer Ecke in die andere. Die Kinder waren ihm zuwider, die Bank ebenfalls, er hatte nicht Lust, irgendwohin zu gehen oder über etwas zu sprechen.

Im Dezember in den Feiertagen machte er sich auf die Reise und sagte seiner Frau, daß er nach Petersburg fahre, um sich für einen jungen Menschen zu verwenden – und er reiste nach Ss. Warum? Er wußte es selbst nicht recht. Er wollte Anna Ssergejewna wiedersehen und mit ihr sprechen, wenn möglich ein Wiedersehen mit ihr verabreden.

In Ss. kam er des Morgens an und nahm im Hotel das beste Zimmer, in dem der ganze Fußboden mit grauem Soldatentuch bezogen war; auf dem Tische stand ein verstaubtes Tintenfaß mit einem Reiter, dessen Kopf abgeschlagen war und dessen eine Hand einen Hut schwenkte. Der Portier gab ihm die nötigen Auskünfte: von Diederitz wohne in der Alten Töpferstraße, im eigenen Hause, nicht weit vom Hotel, er wohne gut, reich, habe eigene Pferde, alle kennen ihn in der Stadt. Der Portier sprach den Namen Driederitz aus.

Gurow ging gemächlich zur Alten Töpferstraße und suchte das Haus auf. Gerade dem Hause gegenüber zog sich ein grauer, langer, oben mit Nägeln besetzter Zaun hin.

»Vor einem solchen Zaun kann man fliehen«, dachte Gurow und schaute bald auf die Fenster, bald auf den Zaun.

Er überlegte: heute ist Feiertag, und der Mann ist wahrscheinlich zu Haus. Aber in jedem Falle wäre es taktlos gewesen, ins Haus einzutreten und Verwirrung zu stiften. Wenn er ein Briefchen schicken würde, könnte es dem Mann in die Hände geraten, und dann wäre alles verdorben. Am besten wäre es, sich auf den Zufall zu verlassen. Und so ging er denn immerfort auf der Straße auf und ab und am Zaun entlang und wartete auf diesen Zufall. Er sah, wie ein Bettler ins Hoftor hineinging und die Hunde über ihn herfielen; dann, nach einer Stunde, hörte er Klavierspiel, und die Töne drangen schwach und undeutlich zu ihm hin. Es war wohl Anna Ssergejewna, die spielte. Plötzlich öffnete sich die Haustür, und eine alte Frau kam heraus, der der bekannte weiße Spitz nachlief. Gurow wollte den Hund rufen, aber plötzlich begann sein Herz zu klopfen, und vor Erregung fiel ihm der Name des Spitzes nicht ein.

Er ging auf und ab und haßte immer mehr und mehr den grauen Zaun und dachte schon gereizt daran, daß Anna Ssergejewna ihn vergessen habe und sich vielleicht bereits mit einem andern zerstreue – und das sei so natürlich in der Lage einer jungen Frau, die gezwungen sei, von morgens bis abends diesen verdammten Zaun anzusehen. Er kehrte in sein Hotelzimmer zurück und saß lange auf dem Sofa; was er tun sollte, wußte er nicht, dann aß er zu Mittag und schlief lange.

»Wie dumm und beunruhigend ist das alles«, dachte er, als er aufgewacht war und die dunklen Fenster betrachtete: es war schon Abend. »Da habe ich mich nun auch noch ausgeschlafen. Was werde ich jetzt nachts anfangen?«

Er saß auf dem Bett, auf dem eine billige graue Decke wie in einem Krankenhause lag, und höhnte sich ärgerlich: »Da hast du die Dame mit dem Hündchen ... Da hast du nun das Abenteuer ... Nun kannst du hier sitzen.«

Morgens, auf dem Bahnhof, war ihm ein Plakat mit sehr großen Buchstaben aufgefallen: »Geisha« wurde zum ersten Male gegeben. Es fiel ihm jetzt ein, und er fuhr ins Theater.

»Sehr wohl möglich, daß sie die Premieren besucht«, dachte er.

Das Theater war voll besetzt. Auch hier, wie in allen Provinztheatern, hing über dem Kronleuchter ein Dunst und die Galerie war sehr unruhig; in der ersten Reihe standen vor dem Beginn der Vorstellung die Elegants der Stadt, die Hände auf dem Rücken; auch hier saß in der Gouvernementsloge vorn die Tochter des Gouverneurs mit einer Boa, während der Gouverneur selbst sich bescheiden hinter einer Portiere verbarg, so daß nur seine Hände zu sehen waren; der Vorhang bewegte sich hin und her, im Orchester stimmte man anhaltend die Instrumente. Die ganze Zeit, während der das Publikum eintrat und die Plätze einnahm, suchte Gurow gespannt mit den Augen.

Auch Anna Ssergejewna kam herein. Sie nahm in der dritten Reihe Platz, und als Gurow sie ansah, krampfte sich sein Herz zusammen, deutlich empfand er, daß für ihn jetzt auf der ganzen Welt kein Mensch näher, teurer und wichtiger sei. Diese kleine und durch nichts bemerkenswerte Frau, die sich in der provinziellen Menge verlor, mit einer gewöhnlichen Lorgnette in der Hand, erfüllte jetzt sein ganzes Leben, war sein Kummer, seine Freude, das einzige Glück, das er sich jetzt wünschte. Und bei den Tönen des schlechten Orchesters, der elenden, gewöhnlichen Geigen dachte er daran, wie schön sie sei. Er dachte an sie und träumte ...

Ein junger Mann mit kleinem Backenbart, groß und gebückt gehend, trat mit Anna Ssergejewna zusammen ein und setzte sich neben sie. Bei jedem Schritt nickte er mit dem Kopf und schien sich beständig zu verneigen. Wahrscheinlich war das ihr Mann, den sie damals in Jalta in einer bitteren Gefühlsaufwallung einen Lakai genannt hatte. Und tatsächlich lag in seiner langen Gestalt, in seinem Backenbart, seiner kleinen Glatze etwas lakaienhaft Bescheidenes; er lächelte süß, und in seinem Knopfloch glänzte irgendein akademisches Abzeichen, wie die Nummer eines Kellners.

In der ersten Pause ging ihr Mann hinaus, um zu rauchen, während sie im Sessel sitzen blieb. Gurow, der ebenfalls im Parkett saß, ging zu ihr heran und sagte mit zitternder Stimme und gezwungenem Lächeln: »Guten Tag.«

Sie blickte ihn an und erbleichte, sah ihn noch einmal voller Entsetzen an und traute ihren Augen nicht; sie drückte mit ihren Händen fest den Fächer und die Lorgnette, augenscheinlich mit sich kämpfend, um nicht in Ohnmacht zu fallen. Beide schwiegen. Sie saß, und er stand, erschrokken über ihre Verwirrung, und hatte nicht den Mut, neben ihr Platz zu nehmen. Geigen und Flöten wurden gestimmt. Plötzlich stockte beiden der Atem, und es schien, daß man aus allen Logen auf sie blicke. Da stand sie auf und ging rasch zum Ausgang; er folgte ihr, und so gingen sie ziellos über Korridore und Treppen, hinauf, hinunter; vor ihren Augen tauchten allerhand Leute in Uniformen auf, immer mit Abzeichen; sie sahen Damen und Pelze an den Garderoben; Zugwind wehte und umgab sie mit dem Geruch von Zigarrenresten. Und Gurow, dessen Herz heftig klopfte, dachte: »Oh, mein Gott! Wozu sind diese Menschen, ist dies Orchester da ...«

Und in diesem Augenblick erinnerte er sich plötzlich, wie er sich damals auf der Station, als er Anna Ssergejewna begleitete, gesagt hatte, daß alles nun zu Ende sei und sie sich nie mehr sehen würden. Aber wie weit war es jetzt noch bis zum Ende!

Auf einer schmalen, finsteren Treppe mit der Aufschrift »Eingang zum Amphitheater« blieb sie stehen.

»Wie haben Sie mich erschreckt!« sagte sie, schwer atmend, immer noch bleich und benommen. »Oh, wie haben Sie mich erschreckt! Ich bin halb tot. Warum sind Sie hergekommen? Warum?«

»Aber begreifen Sie doch, Anna, begreifen Sie ...«, sagte er hastig und halblaut. »Ich flehe Sie an, begreifen Sie doch ...«

Sie sah ihn an, mit Furcht, mit Flehen, voll Liebe, sie sah ihn aufmerksam an, um seine Züge möglichst fest im Gedächtnis zu behalten.

»Ich leide so!« fuhr sie fort, ohne auf ihn zu hören. »Ich habe die ganze Zeit über nur an Sie gedacht, ich lebte nur in Gedanken an Sie. Ich wollte vergessen, vergessen – aber warum, warum sind Sie hergekommen!«

Etwas höher, auf dem Treppenabsatz, rauchten zwei Gymnasiasten und blickten herab, aber Gurow war es ganz gleich, er zog Anna Ssergejewna an sich und begann, ihr Gesicht, ihre Wangen, ihre Hände zu küssen.

»Was tun Sie, was tun Sie!« sagte sie entsetzt und schob ihn von sich. »Wir haben beide den Verstand verloren. Reisen Sie heute noch, reisen Sie sofort ... Ich beschwöre Sie bei allen Heiligen, ich flehe Sie an ... Man kommt hierher!«

Jemand kam die Treppe herauf.

»Sie müssen abreisen ...«, fuhr Anna Ssergejewna flüsternd fort. »Hören Sie, Dmitrij, Dmitritsch? Ich werde zu Ihnen nach Moskau kommen. Ich bin niemals glücklich gewesen, jetzt bin ich unglücklich, und ich werde niemals glücklich sein, niemals! Lassen Sie mich nicht noch mehr leiden! Ich schwöre, daß ich nach Moskau komme. Und jetzt wollen wir uns trennen! Mein Lieber, Guter, Teurer, trennen wir uns!«

Sie drückte seine Hand und begann rasch hinabzusteigen, immerzu sich nach ihm umsehend; an ihren Augen konnte man erkennen, daß sie in der Tat nicht glücklich war. Gurow stand noch eine Weile da, lauschte – dann, als alles still geworden war, suchte er seine Garderobe und verließ das Theater.

4

Und Anna Ssergejewna begann zu ihm nach Moskau zu fahren. Alle zwei, drei Monate reiste sie einmal von Ss. fort und erzählte ihrem Manne, sie fahre, sich mit dem Professor wegen ihres Frauenleidens zu beraten – ihr Mann glaubte und glaubte nicht. Als sie nach Moskau kam, stieg sie im »Slawischen Bazar« ab und schickte sofort einen Dienstmann in roter Mütze zu Gurow hin. Gurow kam zu ihr, und niemand in Moskau wußte davon.

So war er an einem Wintermorgen zu ihr unterwegs – der Dienstmann hatte ihn am Abend vorher nicht angetroffen. Mit ihm ging seine Tochter, die er bis zum Gymnasium begleiten wollte, da das am Wege lag. Der Schnee fiel in großen, feuchten Flocken.

»Jetzt sind drei Grad Wärme, und doch fällt Schnee«, sagte Gurow zu seiner Tochter. »Jedoch diese Wärme ist nur auf der Erdoberfläche, in den höheren Schichten der Atmosphäre herrscht eine ganz andere Temperatur.«

»Papa, aber warum gibt es im Winter keinen Donner?«

Er erklärte auch dies. Er sprach und dachte daran, daß

er jetzt zum Rendezvous gehe und keine lebende Seele davon wisse und wahrscheinlich nie auch davon wissen werde. Er hatte zwei Leben: ein öffentliches, das jeder, dem es darum zu tun war, sah und kannte, ein Leben voll konventioneller Wahrheit und konventionellen Betruges, dem seiner Bekannten und Freunde völlig ähnlich, und dazu ein anderes – das in Heimlichkeit dahinfloß. Und infolge eines seltsamen, vielleicht zufälligen Zusammentreffens der Umstände verlief alles, was für ihn wichtig, interessant, notwendig war, worin er aufrichtig war und sich selbst nicht täuschte, was den Kern seines Lebens bildete, heimlich vor den andern Menschen; alles aber, was an ihm Lüge, an ihm Hülle war, in die er sich versteckte, um die Wahrheit zu verbergen, wie zum Beispiel seine Stellung in der Bank, die Gespräche im Klub, seine »niedere Rasse«, die Teilnahme an Festmählern gemeinsam mit seiner Frau – alles das war öffentlich. Und von sich schloß er auf andere, er glaubte dem nicht, was er sah, und vermutete immer, daß bei jedem Menschen unter der Hülle des Geheimnisses wie unter der Hülle der Nacht sein wirkliches, sein wirklich interessantes Leben erst vor sich gehe. Jede persönliche Existenz ruht auf dem Grunde des Geheimnisses, und vielleicht bemüht sich der Kulturmensch zum Teil nur deswegen so nervös darum, daß das persönliche Geheimnis geachtet werde.

Nachdem Gurow seine Tochter zum Gymnasium gebracht hatte, begab er sich in den »Slawischen Bazar«. Er legte unten seinen Pelz ab, stieg hinauf und klopfte leise an die Tür. Anna Ssergejewna, von Reise und Erwartung ermüdet, trug sein graues Lieblingskleid; seit dem Abend wartete sie auf ihn; sie war bleich, sah ihn an und lächelte nicht, und kaum war er eingetreten, sank sie schon an seine Brust. Als ob sie sich zwei Jahre nicht gesehen hätten, war ihr Kuß lang und anhaltend.

»Nun, wie geht es dir hier?« fragte er. »Was gibt es Neues?«

Sie konnte nicht reden, weil sie weinte. Sie wandte sich von ihm ab und drückte ihr Taschentuch an die Augen.

»Nun, soll sie sich nur ausweinen, ich werde warten«, dachte er und setzte sich in einen Lehnstuhl.

Dann läutete er und bestellte sich Tee; und während er den Tee trank, stand sie immer noch, zum Fenster abgewandt, da ... Sie weinte vor Erregung, vor der niederschlagenden Erkenntnis, daß ihr Leben sich so traurig gestaltet hatte: nur heimlich können sie sich sehen, sie verstecken sich wie Diebe vor den Menschen! Ist also nicht ihr Leben zerschlagen?

»Nun, höre auf!« sagte er endlich.

Für ihn war es klar, daß diese ihre Liebe noch nicht so bald, wer weiß wann, ein Ende nehmen werde. Anna Ssergejewna schloß sich immer stärker an ihn an, sie vergötterte ihn, und es wäre undenkbar gewesen, ihr zu sagen, daß alles dies einstmals ein Ende haben müsse; und sie hätte auch nicht daran geglaubt.

Er trat an sie heran und faßte sie an den Schultern, um sie zu liebkosen, und in diesem Augenblick sah er sich im Spiegel.

Sein Kopf fing schon an zu ergrauen. Und es schien ihm sonderbar, daß er in den letzten Jahren so alt geworden war und so verloren hatte. Die Schultern, auf denen seine Hände ruhten, waren warm und bebten. Er fühlte Mitleid mit diesem Leben, das noch so warm und schön, aber vielleicht schon nahe daran war, zu verbleichen und zu verwelken wie sein Leben. Warum liebte sie ihn so?

Immer war er den Frauen nicht als der erschienen, der er war, und sie liebten in ihm nicht ihn selbst, sondern den Menschen, den ihre Phantasie sich schuf und den sie in ihrem Leben gierig suchten; und wenn sie dann ihren Irrtum wahrnahmen, liebten sie ihn dennoch. Und keine von ihnen war mit ihm glücklich gewesen. Die Zeit ging dahin – er machte Bekanntschaften, kam mit Frauen zusammen und trennte sich von ihnen, aber niemals hatte er wahrhaft geliebt; es war alles mögliche, doch keine Liebe.

Und erst jetzt, da sein Kopf zu ergrauen begann, liebte er, wie es sein mußte, ganz echt – das erstemal in seinem Leben.

Anna Ssergejewna und er liebten einander, wie sehr nahe, verwandte Menschen, wie Mann und Frau, wie zärtliche Freunde; ihnen schien es, daß das Schicksal selbst sie füreinander vorausbestimmt hatte, und es war unverständlich, warum er an seine Frau und sie an ihren Mann gefesselt war. Es war, als seien sie zwei Zugvögel, Männchen und Weibchen, die man gefangen hatte und in getrennten Käfigen zu leben zwang. Sie hatten einander verziehen, wessen sie sich in ihrer Vergangenheit schämten, sie verziehen alles in der Gegenwart und fühlten, daß diese ihre Liebe sie beide verwandelt hatte.

Früher, in traurigen Augenblicken, pflegte er sich mit allen möglichen Betrachtungen zu beruhigen, wie sie ihm gerade in den Sinn kamen – jetzt aber war es ihm nicht um Betrachtungen zu tun, er fühlte tiefes Mitleid, er wollte aufrichtig, zärtlich sein ...

»Hör auf, meine Liebe«, sagte er. »Du hast geweint – und

nun ist's genug ... Jetzt wollen wir uns besprechen und uns irgend etwas ausdenken.«

Dann berieten sie sich lange, sie sprachen davon, wie sie sich von der Notwendigkeit befreien könnten, sich zu verstecken, zu betrügen, in verschiedenen Städten zu leben, sich so lange nicht zu sehen. Wie könnte man sich von diesen unerträglichen Fesseln befreien?

»Wie? Wie?« fragte er, sich an den Kopf greifend. »Wie?« Und es kam ihnen so vor, daß nur noch weniges fehle – und die Lösung würde sich finden lassen, und dann würde ein neues, schönes Leben beginnen; und beiden war es klar, daß es bis zum Ende noch weit, sehr weit sei und daß das Komplizierteste und Schwerste jetzt erst beginne.

Angst

Erzählung meines Freundes

Dimitrij Petrowitsch Ssilin hatte die Universitätsstudien beendet und in Petersburg eine Stellung angenommen, doch im Alter von dreißig Jahren gab er sie auf und ging zur Landwirtschaft über. Er war kein schlechter Landwirt, dennoch kam es mir vor, als wäre er nicht an seinem Platze und als täte er gut daran, wieder nach Petersburg zurückzukehren. Wenn er sonnenverbrannt, grau vom Staub und ermüdet von der Arbeit mich am Tor oder bei der Auffahrt traf, beim Abendbrot mit dem Schlafe kämpfte und seine Frau ihn wie ein Kind zu Bett brachte oder wenn er seine Müdigkeit abgeschüttelt hatte und mit einer weichen, herzenslieben, geradezu flehenden Stimme seine guten Gedanken zu entwickeln begann, so sah ich in ihm nicht den Landwirt und Agronomen, sondern nur den ermüdeten Menschen, und mir war klar, daß es ihm nicht um die Wirtschaft ging, sondern nur darum, daß – Gott sei Dank! – wieder einmal ein Tag vorüber war.

Ich hielt mich gern bei ihm auf und pflegte zwei oder drei Tage hintereinander auf seiner Besitzung zu Gast zu bleiben. Ich liebte auch sein Haus, den Park, den großen Obstgarten, das Flüßchen und seine ein wenig welke, schönrednerische, aber doch klare Philosophie. Vielleicht liebte ich auch ihn selbst, obwohl ich das nicht mit Bestimmtheit behaupten kann, weil ich mir über meine damaligen Gefühle bis zum heutigen Tage nicht klarwerden kann. Er war ein kluger, guter, keineswegs langweiliger und dabei aufrichtiger Mensch, aber ich erinnere mich sehr wohl, wie es mich unangenehm und peinlich berührte, wenn er mir seine intimsten Geheimnisse anvertraute und unsere Beziehung »Freundschaft« nannte. In seiner Freundschaft zu mir lag etwas Unerquickliches, Listiges, und ich hätte eine gewöhnliche gute Bekanntschaft ihr ohne weiteres vorgezogen.

Die Sache war die, daß mir seine Frau, Marija Ssergejewna, außerordentlich gefiel. Ich war nicht in sie verliebt, aber ihr Gesicht, ihre Augen, ihre Stimme und ihr Gang gefielen mir, ich sehnte mich nach ihr, wenn ich sie längere Zeit nicht gesehen hatte, und damals stellte sich meine Phantasie niemanden so gern vor wie diese junge, schöne, elegante Frau. Ich hatte ihr gegenüber keine bestimmten Absichten und Wunschträume, aber aus irgendeinem Grunde mußte ich jedesmal, wenn wir zu zweit waren, daran denken, daß ihr Mann mich für seinen Freund hielt – und dann wurde mir unbehaglich zumute. Wenn sie meine Lieblingsstücke auf dem Klavier spielte oder mir etwas Interessantes erzählte, lauschte ich voll Vergnügen, und gleichzeitig kamen mir die Gedanken, daß sie ihren Mann liebe, daß er mein Freund sei und sie mich für seinen Freund halte – meine Stimmung war dann verdorben, und ich wurde unaufmerksam, ungeschickt und langweilig. Sie bemerkte diesen Wechsel und sagte dann gewöhnlich: »Sie langweilen sich ohne Ihren Freund. Ich will nach ihm aufs Feld schicken.«

Und wenn dann Dimitrij Petrowitsch kam, sagte sie: »Nun, jetzt ist Ihr Freund da, freuen Sie sich?«

So ging es ungefähr anderthalb Jahre.

Eines Tages, an einem Julisonntag, war ich mit Dimitrij Petrowitsch, da wir nichts anderes zu tun hatten, in das große Kirchdorf Kluschino gefahren, um Sakuski fürs Abendbrot zu kaufen. Während wir durch die Läden liefen, ging die Sonne unter, und es brach ein Abend herein, den ich wohl nie in meinem Leben vergesse. Nachdem wir Käse gekauft hatten, der wie Seife aussah, und versteinerte Wurst, die nach Teer roch, begaben wir uns ins Wirtshaus, um zu fragen, ob es Bier gäbe. Unser Kutscher war zur Schmiede gefahren, um die Pferde beschlagen zu lassen, und wir wollten ihn an der Kirche erwarten. Wir gingen auf und ab, unterhielten uns, lachten über unsere Einkäufe, und dabei folgte uns schweigend mit geheimnisvoller Miene wie ein Häscher, ein Mensch, der unter uns den etwas seltsamen Spitznamen »Vierzig Märtyrer« trug. Dieser Vierzig Märtyrer war niemand anders als Gawrila Ssewerow oder einfach Gawrjuschka, der kurze Zeit mein Diener gewesen und den ich wegen Trunksucht hatte entlassen müssen. Er hatte auch bei Dimitrij Petrowitsch gedient und war wegen des gleichen Fehlers von ihm weggeschickt worden. Er war ein furchtbarer Säufer, überhaupt war sein ganzes Leben versoffen und genauso wüst wie er selber. Sein Vater war Priester, seine Mutter eine Adlige gewesen, der Geburt nach gehörte er also zur privilegierten Klasse; sooft ich aber sein vertrunkenes, ehrerbietiges, immer schwitzendes Gesicht ansah, seinen rotblonden, bereits ergrauenden Bart, seine jämmerliche, zerrissene Jacke und sein rotes, über der Hose getragenes Hemd, konnte ich keine Spur von dem finden, was man in unserem Gesellschaftsleben »Privilegien« nennt. Er hielt sich für gebildet und erzählte gern, daß er die geistliche Schule besucht, wenn auch nicht beendet habe, denn man hatte ihn wegen Tabakrauchens fortgeschickt. Danach hatte er im bischöflichen Chore gesungen und etwa zwei Jahre in einem Kloster gelebt, aus dem man ihn ebenfalls verjagte, aber nicht mehr wegen Rauchens, sondern wegen seiner »Schwachheit«. Er hatte zwei Gouvernements zu Fuß durchwandert, allerlei Bittgesuche beim Konsistorium und verschiedenen Behörden eingereicht und war viermal vor Gericht gestanden. Endlich war er in unserem Kreise hängengeblieben, diente als Lakai, Waldhüter, Hundepfleger und Kirchendiener, verheiratete sich mit einer liederlichen, verwitweten Köchin, sank endgültig in den Lakaienstand hinab und lebte sich so in seinen Schmutz und Unrat ein, daß er selber schon mit einigem Mißtrauen von seinem »privilegierten« Ursprung wie von einer Sage sprach. In der erwähnten Zeit vagabundierte er stellenlos umher, indem er sich für einen Roßarzt oder Jäger ausgab; seine Frau aber war, unbekannt wohin, verschwunden ...

Aus dem Wirtshaus gingen wir zur Kirche und setzten uns in Erwartung des Kutschers in der Vorhalle nieder. Vierzig Märtyrer stand etwas abseits und legte die Hand an den Mund, um nötigenfalls ehrerbietig in sie hineinzuhusten. Es war dunkel und roch stark nach der abendlichen Feuchte und der Mond machte sich zum Aufgang bereit. An dem reinen Sternenhimmel schwebten nur zwei Wolken gerade über uns: eine große und eine etwas kleinere; allein, gleich einer Mutter mit ihrem Kinde, liefen sie hintereinanderher dem Horizonte zu, an dem die Abendröte verglühte.

»Welch herrlicher Tag heute!« sagte Dimitrij Petrowitsch.

»Ganz außerordentlich!« stimmte Vierzig Märtyrer zu und hustete ehrerbietig in die Hand. »Warum geruhten Sie, Dimitrij Petrowitsch, auf den Gedanken zu verfallen, hierher zu kommen?« fragte er mit einschmeichelnder Stimme, augenscheinlich von dem Wunsche beseelt, eine Unterhaltung anzuknüpfen.

Dimitrij Petrowitsch antwortete nicht. Vierzig Märtyrer seufzte tief auf und sagte leise, ohne uns anzusehen: »Ich leide aus einem einzigen Grunde, über den ich dem allmächtigen Gott werde Rechenschaft ablegen müssen. Natürlich bin ich ein verdorbener, unfähiger Mensch, aber glauben Sie mir aufs Gewissen: ohne ein Stück Brot lebt sich's schlimmer als ein Hund ... Entschuldigen Sie Dimitrij Petrowitsch.«

Ssilin hörte nicht hin und dachte, den Kopf in die Hände gestützt, über etwas nach. Die Kirche stand am Ende der Straße, an dem hohen Ufer des Flusses, und durch das Zaungitter konnten wir das Wasser, die überschwemmten Wiesen auf dem anderen Ufer und das helle, purpurrote Feuer eines Holzstoßes sehen, um das sich schwarze Leute und Pferde herumbewegten. Fern hinter dem Holzstoß funkelten noch mehr Lichter: da lag ein Dörfchen, in dem ein Lied gesungen wurde.

Vom Fluß und von der Wiese stiegen Nebel auf. Hohe, schmale Dunstschleier, dicht und weiß wie Milch, zogen über den Fluß, deckten die sich spiegelnden Sterne zu und blieben an den Weidensträuchern hängen. Jeden Augenblick veränderten sie ihre Gestalt, es sah aus, als ob sie sich umarmten, sich verneigten oder ihre Arme mit breiten, priesterlichen Ärmeln wie betend zum Himmel höben ... Wahrscheinlich hatten sie Dimitrij Petrowitschs Gedanken auf Gespenster und Tote gebracht; denn er wandte mir sein Gesicht zu und fragte traurig lächelnd: »Sagen Sie mir, mein Lieber, warum schöpfen wir, wenn wir etwas Schreckliches, Geheimnisvolles und Phantastisches erzählen wollen, den Stoff nicht aus dem Leben, sondern immer nur aus der Welt der Gespenster und Totenschatten?«

»Weil nur das schrecklich ist, was wir nicht begreifen können.«

»Begreifen Sie denn etwa das Leben? Sagen Sie aufrichtig: Begreifen Sie das Leben besser als das Jenseits?«

Dimitrij Petrowitsch setzte sich so nahe an mich heran, daß ich seinen Atem auf meiner Wange spürte. Im abendlichen Dämmerlicht erschien sein bleiches, mageres Gesicht noch blasser und der dunkle Bart schwärzer als Ruß. Seine Augen waren traurig, aufrichtig und ein wenig erschrocken, als ob er mir etwas Schreckliches erzählen wollte. Er sah mir in die Augen und fuhr mit seiner gewohnten flehenden Stimme fort: »Unser irdisches Dasein ist ebenso unbegreiflich und schrecklich wie die andere Welt. Wer sich vor Gespenstern fürchtet, soll sich auch vor mir und diesen Feuern da und vor dem Himmel fürchten, weil das alles, wenn man es recht bedenkt, nicht weniger unbegreiflich und phantastisch ist als die Geisterwelt. Prinz Hamlet beging deswegen keinen Selbstmord, weil er sich vor den Erscheinungen fürchtete, die ihn vielleicht in seinem Todesschlaf besuchen könnten; sein berühmter Monolog gefällt mir; aber offen gesagt, greift er mir nicht an die Seele. Ich darf Ihnen als meinem Freund gestehen, daß ich mir in melancholischen Augenblicken bisweilen meine Todesstunde vorstelle; meine Phantasie hatte Erscheinungen, und es gelang mir, in eine quälende Exaltation, in einen Zustand des Alpdrucks zu geraten, und ich versichere Ihnen, das war mir nicht schrecklicher als die Wirklichkeit ... Was soll man da sagen? Erscheinungen sind schrecklich, schrecklich aber ist auch das Leben. Ich, mein Lieber, begreife das Leben nicht und fürchte es. Ich weiß nicht, vielleicht bin ich krank und geistesgestört. Es scheint, daß der normale, gesunde Mensch alles begreift, was er sieht und hört; ich aber verlor dies ›scheint‹ und werde von Tag zu Tag stärker von der Angst ergriffen. Es gibt die Krankheit der Platzangst, und so leide ich eben an Lebensangst. Wenn ich im Grase liege und lange ein Käferchen betrachte, das erst gestern auf die Welt kam und nichts begreift, so kommt es mir vor, als ob sein Leben aus ununterbrochener Angst besteht, und in diesem Käferchen sehe ich mich selbst.«

»Was ist Ihnen denn so schrecklich?« fragte ich.

»Mir ist alles schrecklich. Ich bin von Natur kein tiefer Mensch und interessiere mich wenig für Fragen wie nach dem Jenseits oder nach dem Schicksal der Menschheit, und überhaupt lasse ich mich selten in eine schwindelnde Gedankenhöhe forttragen. Hauptsächlich ist mir das alltägliche Leben schrecklich, vor dem sich niemand von uns verstecken kann. Ich bin unfähig zu unterscheiden, was in meinen Handlungen Wahrheit und was Lüge ist, und das beunruhigt mich; ich bekenne, daß ich durch Lebensgewohnheiten und Erziehung in einen engen Kreis von Lügen eingeschlossen bin, daß mein ganzes Leben nichts anderes ist als die tägliche Sorge, mich und die Menschen zu betrügen, ohne es selbst zu merken, und es ist ein entsetzlicher Gedanke, daß ich mich bis zum Tode von dieser Lüge nicht werde frei machen können. Heute tue ich etwas, und morgen begreife ich nicht mehr, warum ich es tat. Ich trat in Petersburg in Dienste und geriet in Entsetzen, ich kam hierher, um Landwirtschaft zu treiben, und geriet gleichfalls in Entsetzen ... Ich sehe, daß wir wenig wissen und uns darum täglich irren, daß wir ungerecht sind, verleumden, fremdes Leben schädigen, alle unsere Kräfte auf Unsinn vergeuden, der überflüssig ist und uns am Leben hindert, und das entsetzt mich, weil ich nicht verstehe, warum und wozu das alles nötig ist. Ich, mein Lieber, verstehe die Menschen nicht und fürchte sie. Mir ist es schrecklich, die Bauern anzusehen; ich weiß nicht, um welcher höheren Ziele willen sie leiden und wozu sie überhaupt leben. Wenn das Leben zum Genuß da ist, sind sie überflüssige, unnütze Menschen; sollte es aber Ziel und Sinn des Lebens sein, in Not und Unwissenheit, ohne Hoffnung und ohne Ausweg zu existieren, so ist mir unverständlich, für wen und wozu dieses Martyrium nötig ist. Ich begreife niemanden und nichts. Versuchen Sie doch dies Subjekt da zu begreifen!« sagte Dimitrij Petrowitsch und wies auf Vierzig Märtyrer.

»Denken Sie sich hinein!«

Als Vierzig Märtyrer bemerkte, daß wir beide ihn ansahen, hustete er ehrerbietig in die Faust und sagte: »Bei guten Herrschaften war ich allzeit ein treuer Diener, aber der Hauptgrund sind die Spirituosen. Wollte aber einer mich unglücklichen Menschen der Beachtung würdigen und mir eine Stelle geben, ich würde das Heiligenbild küssen. Mein Wort darauf!«

Der Kirchendiener ging vorbei, sah uns mißtrauisch an und begann, das Seil zu ziehen. Die Glocke schlug zehn, langsam und gedehnt, doch scharf die Abendstille unterbrechend.

»Nun, es ist ja schon zehn Uhr!« sagte Dimitrij Petrowitsch. »Es wäre Zeit, zu fahren. Ja, mein Lieber«, seufzte er, »wenn Sie wüßten, wie ich meine gewöhnlichen, alltäglichen Gedanken fürchte, an denen scheinbar gar nichts Schreckliches sein kann. Um nicht zu denken, stürze ich mich in die Arbeit, und ich gebe mir alle Mühe, müde zu werden, damit ich nachts gut schlafe. Kinder, eine Frau –

für andere Leute ist das etwas Selbstverständliches, aber wie schwer ist das für mich, mein Lieber!«

Er preßte das Gesicht in seine Hände und lachte auf.

»Wenn ich Ihnen erzählen wollte, was für eine närrische Rolle ich im Leben spiele!« sagte er. »Alle sagen mir, Sie haben ein liebes Weib, reizende Kinder, und Sie selbst sind ein vortrefflicher Familienvater. Man glaubt, ich sei überaus glücklich, und beneidet mich. Nun, da ich einmal soviel verraten habe, gestehe ich Ihnen im Vertrauen: mein glückliches Familienleben ist nur ein trauriges Mißverständnis, ich fürchte mich vor ihm.«

Sein bleiches Gesicht wurde von einem gespannten Lächeln verzerrt. Er faßte mich um die Taille und fuhr halblaut fort: »Sie sind mein aufrichtiger Freund, ich traue Ihnen und verehre Sie tief. Die Freundschaft schickt uns der Himmel, damit wir uns aussprechen und von Geheimnissen befreien können, die uns bedrücken. Erlauben Sie also, daß ich von Ihrer freundschaftlichen Gesinnung Gebrauch mache und Ihnen die ganze Wahrheit sage. Mein Familienleben, das Ihnen so reizend erscheint, ist mein größtes Unglück und meine Hauptangst. Ich habe mich seltsam und töricht verheiratet. Ich muß Ihnen sagen, daß ich vor der Heirat Mascha rasend liebte und zwei Jahre um sie warb. Fünfmal machte ich ihr einen Antrag, und fünfmal lehnte sie ab, weil ich ihr vollkommen gleichgültig war. Das sechstemal, als ich, toll vor Liebe, auf den Knien vor ihr kroch und um ihre Hand wie um ein Almosen bettelte, sagte sie ja ... Sie sprach so zu mir: ›Ich liebe Sie nicht, aber ich werde Ihnen treu sein ...‹ Diese Klausel nahm ich voller Entzücken an. Damals begriff ich, was das bedeutete, jetzt aber, ich schwöre es bei Gott! – begreife ich es nicht. – Ich liebe Sie nicht, werde Ihnen aber treu sein. – Was bedeutet das? Das ist Nebel, Dunkelheit ... Ich liebe sie jetzt ebensosehr wie am ersten Tage unserer Ehe, aber sie ist anscheinend genauso gleichgültig wie früher und vermutlich froh, wenn ich von Hause fort bin ... Ich weiß nicht sicher, ob sie mich liebt oder nicht, ich weiß es nicht, weiß es wirklich nicht; aber wir leben doch unter einem Dache, sagen du zueinander, schlafen zusammen, haben Kinder und gemeinsamen Besitz ... Was bedeutet das? Wozu dient das? Begreifen Sie es etwa, mein Lieber? Grausame Folter! Weil ich unsere Beziehungen nicht verstehe, hasse ich bald sie, bald mich, bald uns beide zusammen; alles hat sich in meinem Kopf verwirrt, ich quäle mich und werde stumpf, und wie zum Possen wird sie jeden Tag schöner, herrlicher ... Meiner Meinung nach hat sie ungewöhnlich schönes Haar und ein Lächeln wie keine andere Frau. Ich liebe sie und weiß, daß ich hoffnungslos liebe. Hoffnungslose Liebe zu einer Frau, von der man zwei Kinder hat! Ist das etwa begreiflich, ist das nicht schrecklich, ist das nicht schrecklicher als Gespenster?«

Er befand sich in einer solchen Stimmung, daß er noch lange geredet hätte. Zum Glück ließ sich die Stimme des Kutschers hören. Unsere Pferde kamen. Wir setzten uns in die Kalesche, und Vierzig Märtyrer half uns beiden in den Wagen, mit abgenommener Mütze und einem Gesichtsausdruck, als habe er schon lange auf die Gelegenheit gewartet, unsere kostbaren Leiber zu berühren.

»Dimitrij Petrowitsch, gestatten Sie, daß ich zu Ihnen komme?« sagte er, heftig mit den Augen blinzelnd und den Kopf zur Seite neigend. »Seien Sie um Gottes willen so gnädig, ich komme um vor Hunger!«

»Nun gut!« sagte Ssilin. »Komm zu mir, du kannst drei Tage bleiben, dann werden wir sehen.«

»Zu Befehl!« sagte erfreut Vierzig Märtyrer. »Heute noch komme ich.«

Bis nach Hause waren sechs Werst. Dimitrij Petrowitsch war zufrieden, sich endlich einmal einem Freunde gegenüber ausgesprochen zu haben, und hielt mich die ganze Fahrt über um die Taille gefaßt, und er sprach vergnügt, nicht mehr verbittert und erschreckt, davon, daß er, wenn in seiner Familie alles gut stünde, nach Petersburg zurückkehren und sich mit wissenschaftlichen Arbeiten beschäftigen würde. Die Strömung, sagte er, die so viele begabte, junge Leute aufs Land getrieben hat, war eine bedauerliche Strömung, Roggen und Weizen haben wir in Rußland genug, aber kultivierte Menschen gibt es überhaupt nicht. Die begabte, gesunde Jugend muß sich mit Wissenschaft, Kunst und Politik beschäftigen; anders handeln heißt, kurzsichtig sein. Er philosophierte voller Vergnügen weiter und sprach sein Bedauern darüber aus, daß er sich morgen früh von mir trennen müsse, denn er wolle zu einer Holzversteigerung fahren.

Mir aber war traurig und unbehaglich zumute, und es war mir, als betröge ich ihn. Aber zugleich erfaßte mich eine angenehme Spannung. Ich sah den ungeheuren, purpurroten Mond, der gerade aufging, und stellte mir eine hochgewachsene, schlanke Blondine mit blassem Gesicht vor, immer elegant, nach irgendeinem besonderen, moschusähnlichen Parfüm duftend, und ich stellte mir irgendwie gerne vor, daß sie ihren Mann nicht liebe.

Als wir nach Hause kamen, setzten wir uns zum Abendessen. Marija Ssergejewna bewirtete uns lachend mit unseren Einkäufen, und ich fand, daß sie in der Tat auffallend schönes Haar habe und wie keine andere Frau lächle. Ich beobachtete sie und wollte aus jeder ihrer Bewegungen und jedem ihrer Blicke erkennen, daß sie ihren Mann nicht liebe, und mir schien, daß ich es sehen könnte. Dimitrij Petrowitsch gab bald den Versuch auf, mit seiner Schläfrigkeit zu kämpfen. Nach dem Abendessen saß er etwa noch zehn Minuten mit uns zusammen, und er sagte dann: »Lassen Sie sich nicht stören, meine Herrschaften, ich muß morgen früh um drei aufstehen; erlauben Sie daher, daß ich Sie verlasse.«

Er küßte seine Frau zärtlich, drückte mir kräftig und voll Dankbarkeit die Hand und nahm mir das Wort ab, ihn unbedingt in der kommenden Woche zu besuchen. Um am Morgen nicht zu spät aufzustehen, legte er sich im Seitengebäude schlafen.

Marija Ssergejewena pflegte sich nach Petersburger Art spät niederzulegen; jetzt freute ich mich irgendwie darüber.

»Also«, begann ich, als wir allein geblieben waren, »also werden Sie so gut sein und etwas vorspielen?«

Ich verlangte nicht nach Musik, wußte aber nicht, wie ich die Unterhaltung beginnen sollte. Sie setzte sich ans Klavier und spielte, ich weiß nicht was. Ich saß neben ihr, sah ihre weißen, vollen Hände und bemühte mich, irgend etwas auf ihrem kalten, gleichgültigen Gesicht zu lesen. Auf einmal lächelte sie und sah mich an.

»Sie langweilen sich ohne meinen Mann«, sagte sie. Ich mußte lachen.

»Um der Freundschaft willen genügte, daß ich einmal im Monat käme, aber ich bin häufiger als jede Woche einmal hier.«

Nach diesen Worten stand ich auf und ging erregt durch das Zimmer. Sie stand ebenfalls auf und trat an den Kamin.

»Was wollen Sie damit sagen?« fragte sie und sah mich mit ihren großen, klaren Augen an.

Ich antwortete nicht.

»Sie sagen nicht die Wahrheit«, fuhr sie nach einigem Nachdenken fort. »Sie sind nur Dimitrij Petrowitschs willen hier. Nun und? Das freut mich sehr. Heutzutage findet man eine solche Freundschaft selten.«

»Ach was!« dachte ich, und da ich nicht wußte, was ich sagen sollte, fragte ich: »Wollen Sie im Garten etwas promenieren?«

»Nein.«

Ich ging auf die Terrasse. In meinem Kopf fühlte ich ein Kribbeln, und es wurde mir kalt vor Aufregung. Ich war schon überzeugt, daß unsere Unterhaltung ganz nichtssagend sein werde und daß wir einander nichts Besonderes würden zu sagen wissen, daß aber in dieser Nacht unbedingt geschehen müsse, wovon ich nicht einmal zu träumen gewagt hatte. Unbedingt in dieser Nacht, oder niemals!

»Welch herrliches Wetter!« sagte ich laut.

»Das ist mir ganz gleichgültig«, bekam ich zur Antwort.

Ich ging ins Gästezimmer. Marija Ssergejewna stand wie vorhin am Kamin, die Hände auf den Rücken gelegt, dachte über etwas nach und sah zur Seite.

»Warum ist Ihnen das ganz gleichgültig?« fragte ich.

»Weil es mich langweilt. Sie langweilen sich nur ohne Ihren Freund, ich langweile mich immer. Übrigens interessiert Sie das ja nicht.«

Ich setzte mich ans Klavier, spielte einige Akkorde und

wartete, was sie sagen würde. »Bitte machen Sie keine Umstände«, sagte sie, mich ärgerlich anblickend und nahe daran, aus Ärger zu weinen. »Wenn Sie schlafen wollen, gehen Sie nur. Denken Sie ja nicht, daß Sie als Freund Dimitrij Petrowitschs verpflichtet sind, sich mit seiner Frau zu langweilen. Ich will kein Opfer. Bitte gehen Sie.«

Natürlich ging ich nicht. Sie trat auf die Terrasse, ich blieb im Gästezimmer und durchblätterte etwa fünf Minuten lang die Noten. Dann ging ich auch hinaus. Wir standen im Schatten der Vorhänge nebeneinander, und vor uns lagen die mondlichtübergossenen Treppenstufen. Auf den Blumenbeeten und auf dem hellen Sande lagen schwarze Baumschatten.

»Ich muß ebenfalls wegfahren«, sagte ich.

»Natürlich, wenn mein Mann nicht zu Hause ist, haben Sie keinen Grund zu bleiben«, sagte sie spöttisch. »Ich kann mir vorstellen, wie unglücklich Sie wären, wenn Sie sich in mich verliebten! Warten Sie nur, ich werde mich Ihnen noch unversehens an den Hals werfen. Ich möchte sehen, mit welchem Entsetzen Sie vor mir weglaufen. Das wäre interessant.«

Ihre Worte und ihr bleiches Gesicht waren ärgerlich, doch ihre Augen waren voll der zärtlichsten, leidenschaftlichsten Liebe. Ich sah dieses wundervolle Geschöpf bereits als mein Eigentum an, und nun bemerkte ich zum ersten Male, daß sie goldene Augenbrauen, wunderbare Augenbrauen hatte, wie ich sie noch nie gesehen hatte. Der Gedanke, daß ich sie sofort an mich ziehen, sie liebkosen, ihr ungewöhnlich schönes Haar berühren könnte, erschien mir plötzlich so ungeheuerlich, daß ich auflachte und die Augen schloß.

»Nun, es ist schon spät ... eine ruhige Nacht«, sagte sie.

»Ich will keine ruhige Nacht ...«, sagte ich lachend und folgte ihr ins Gästezimmer. »Ich werde diese Nacht verfluchen, wenn sie ruhig sein sollte.«

Ich drückte ihr die Hand und begleitete sie zur Tür, und ich sah ihrem Gesicht an, daß sie mich begriff und froh war, daß ich sie ebenfalls verstand.

Ich ging in mein Zimmer. Auf meinem Tisch lag neben den Büchern Dimitrij Petrowitschs Mütze, und das erinnerte mich an seine Freundschaft. Ich nahm meinen Stock und ging in den Garten. Dort stieg der Nebel schon empor, und um die Bäume und Sträucher schwebten, sie umarmend, die gleichen hohen, schmalen Gespenster, die ich vor kurzem auf dem Flusse gesehen hatte. Wie schade, daß ich nicht mit ihnen sprechen konnte!

In der ungemein durchsichtigen Luft zeichnete sich deutlich jedes Blättchen, jedes Tröpfchen ab – all das lächelte mir in der Stille schlaftrunken zu. Und als ich an den grünen Bänken vorbeiging, gedachte ich der Worte aus einem Shakespeareschen Stück: »Wie süß das Mondlicht auf den Bänken ruht!«

Im Park war ein Hügelchen. Ich stieg hinauf und setzte mich hin. Ein bezauberndes Gefühl berauschte mich. Ich wußte zuversichtlich, daß ich ihren herrlichen Leib bald umarmen, mich an ihn drängen, ihre goldenen Augenbrauen küssen werde, und ich wollte nicht daran glauben, wollte mich reizen, und es tat mir leid, daß sie mich so wenig gequält, so rasch sich ergeben hatte.

Aber da ertönten unerwartet schwere Schritte. In der Allee zeigte sich ein mittelgroßer Mann, und ich erkannte in ihm sofort Vierzig Märtyrer! Er setzte sich auf die Bank, seufzte tief auf, bekreuzigte sich dann dreimal und legte sich lang. Nach einem Augenblick stand er auf und legte sich auf die andere Seite. Die Mücken und die nächtliche Feuchtigkeit ließen ihn nicht einschlafen. »Ach, Leben!« sagte er. »Unglückliches, bitteres Leben!«

Als ich seinen mageren, gebeugten Körper sah und seine schweren, heiseren Seufzer vernahm, dachte ich eines anderen, unglücklichen Lebens, das mir heute gebeichtet hatte, und mir wurde angst und bange um meinen glückseligen Zustand. Ich stieg vom Hügel herab und ging zum Hause.

»Das Leben ist seiner Meinung nach schrecklich«, dachte ich, »so mache keine Umstände mit ihm, such es zu bewältigen und nimm alles, was du ihm entreißen kannst, solange es dich noch nicht erdrückt hat!«

Auf der Terrasse stand Marija Ssergejewna. Ich umarmte sie schweigend und küßte gierig ihre Augenbrauen, ihre Schläfen, ihren Hals ...

In meinem Zimmer sagte sie, daß sie mich schon lange, mehr als ein Jahr liebe. Sie schwor mir ihre Liebe, weinte und bat, ich solle sie zu mir nehmen. Ich führte sie jeden Augenblick zum Fenster, um beim Mondlicht ihr Gesicht zu sehen, und alles erschien mir wie ein wunderbar schöner Traum. Ich umarmte sie heftig, um mich von der Wirklichkeit zu überzeugen. Schon lange hatte ich solche Entzückungen nicht mehr erlebt ... Aber dennoch fühlte ich weit weg, irgendwo in der Tiefe meiner Seele eine Befangenheit, und mir war unbehaglich zumute. In ihrer Liebe zu mir war etwas Unbequemes, Lästiges wie in der Freundschaft Dimitrij Petrowitschs. Es war eine große, ernste Liebe mit Tränen und Schwüren, doch ich wollte nichts Ernstes, weder Tränen noch Schwüre, noch Gespräche über die Zukunft. Diese Mondnacht sollte wie ein leuchtender Meteor durch unser Leben eilen und dann sollte alles aus sein.

Genau um drei Uhr verließ sie mich, und während ich in der Türe stand und ihr nachsah, erschien plötzlich am Ende des Korridors Dimitrij Petrowitsch. Als sie ihm begegnete, bebte sie und gab ihm den Weg frei, ihre ganze Gestalt drückte Abscheu aus. Er lächelte sonderbar, hustete einmal auf und kam zu mir ins Zimmer.

»Ich hatte hier gestern meine Mütze vergessen ...«, sagte er, ohne mich anzusehen. Er fand die Mütze und setzte sie mit beiden Händen auf den Kopf, dann blickte er in mein verwirrtes Gesicht, auf meine Pantoffeln und sagte, nicht mit seiner eigenen, sondern mit einer fremden, heiseren Stimme: »Wahrscheinlich war mir bei meiner Geburt bestimmt, daß ich nichts begreifen soll. Falls Sie irgend etwas verstehen, so ... gratuliere ich Ihnen. Mir ist es dunkel vor den Augen.«

Und er ging hustend hinaus. Dann sah ich durchs Fenster, wie er selber die Pferde vor dem Stall anspannte. Seine Hände zitterten, er beeilte sich und blickte nach dem Hause zurück; wahrscheinlich hatte er Angst. Dann setzte er sich in den Tarantas und schlug mit einem sonderbaren Gesichtsausdruck, als fürchte er, verfolgt zu werden, auf die Pferde ein.

Nach einer Weile fuhr ich auch fort. Die Sonne stieg schon empor, und der gestrige Nebel drückte sich schüchtern an Sträucher und Hügel. Auf dem Bock saß Vierzig Märtyrer, der bereits irgendwo etwas getrunken hatte, und schwatzte betrunkenes Zeug.

»Ich bin ein freier Mann!« schrie er auf die Pferde ein.

»Hei, ihr Lieben! Ich bin ein ehrlicher Ehrenbürger, wenn ihr es wissen wollt!«

Die Angst Dimitrij Petrowitschs, die mir nicht aus dem Kopf ging, teilte sich auch mir mit. Ich dachte über das nach, was sich ereignet hatte, und verstand nichts. Ich sah die Krähen an, und mir kam es seltsam und entsetzlich vor, daß sie flogen.

»Warum hab ich das getan?« fragte ich mich mit tiefem Nachdenken und von Verzweiflung erfüllt. »Warum mußte das gerade so enden und nicht anders? Für wen und wozu war das nötig, daß sie mich ernsthaft liebte und daß er in das Zimmer kam, um die Mütze zu holen? Was hat die Mütze dabei zu tun?«

Am selben Tage noch reiste ich nach Petersburg ab. Dimitrij Petrowitsch und seine Frau habe ich niemals wiedergesehen. Man sagt, sie lebten weiterhin zusammen.

Irrwisch

Bei Olga Iwanownas Hochzeit waren alle ihre Freunde und guten Bekannten anwesend.

»Sehen Sie ihn sich nur an: es ist etwas Besonderes in ihm, nicht wahr?« sagte sie zu ihren Freunden und zeigte auf ihren Mann, wodurch sie gleichsam erklären wollte, warum sie einen so einfachen, ganz alltäglichen und durch nichts auffälligen Menschen geheiratet habe.

Ihr Mann, Ossip Stepanytsch Dymow, war Arzt und besaß den Rang eines Titularrates. Er war an zwei Krankenhäusern angestellt: in einem als außeretatmäßiger Oberarzt, im anderen als Prosektor. Täglich von neun Uhr morgens bis Mittag empfing er Patienten und arbeitete in seiner Klinik, nachmittags fuhr er mit der Straßenbahn in das andere Krankenhaus, wo er die verstorbenen Kranken obduzierte. Seine Privatpraxis war unbedeutend und brachte ihm etwa fünfhundert Rubel im Jahr. Das war alles. Was konnte man noch von ihm sagen?

Olga Iwanowna hingegen, ihre Freunde und guten Bekannten waren nicht ganz alltägliche Leute. Jeder von ihnen zeichnete sich durch irgend etwas aus und war ein wenig bekannt, hatte bereits einen Namen und galt als Berühmtheit, oder aber, wenn er auch noch nicht berühmt war, so erweckte er wenigstens glänzende Hoffnungen.

Da war ein Schauspieler vom Dramatischen Theater, ein großes, schon lange bekanntes Talent, ein eleganter, kluger, bescheidener Mann, der ausgezeichnet vorlas und Olga Iwanowna Unterricht im Vorlesen erteilte; ein Opernsänger, ein gutmütiger, dicker Kerl, der Olga Iwanowna seufzend versicherte, daß es schade um sie sei: wenn sie nicht so träge wäre, wenn sie sich zusammennähme, könnte sie eine bedeutende Schauspielerin werden; außerdem waren einige Maler da, an ihrer Spitze der Genre-, Tier- und Landschaftsmaler Rjabowski, ein sehr schöner, hellblonder junger Mann von etwa fünfundzwanzig Jahren, der viel Erfolg auf Ausstellungen gehabt und sein letztes Bild für fünfhundert Rubel verkauft hatte; er korrigierte Olga Iwanownas Skizzen und pflegte zu sagen, aus ihr könne etwas Ordentliches werden; dann ein Cellist, dessen Instrument gleichsam weinte und der offen bekannte, daß von allen ihm bekannten Frauen nur Olga Iwanowna wirklich zu begleiten verstünde; ferner ein junger, doch schon bekannter Literat, der Romane, Schauspiele und Erzählungen schrieb. Und wer noch? Nun, noch Wassilij Wassiljitsch, ein adliger Gutsherr, dilettierender Illustrator und Vignettenzeichner, der viel für den altrussischen Stil, die Bylinen und das Epos übrig hatte; auf Papier, Porzellan und rauchgeschwärzte Teller zeichnete er wahre Wunder. Inmitten dieser freien, vom Schicksal verwöhnten Künstlergesellschaft schien Dymow fremd, überflüssig und klein zu sein, obwohl er von hohem Wuchs und breitschultrig war. Sein Frack sah aus wie geborgt, und sein gestutzter Bart glich dem eines Handlungsgehilfen. Wäre er freilich Schriftsteller oder Künstler gewesen, so hätte man gesagt, daß er mit seinem Barte an Zola erinnere.

Der Schauspieler sagte zu Olga Iwanowna, daß sie mit ihrem flachsblonden Haar und im Hochzeitskleide einem schlanken Kirschbäumchen gleiche, das im Frühjahr über und über mit zarten Blüten bedeckt sei.

»Nein, hören Sie mich an!« sagte Olga Iwanowna zu ihm

und ergriff seine Hand. »Wie konnte das so plötzlich geschehen? Hören Sie, hören Sie ... Ich muß Ihnen sagen, daß mein Vater mit Dymow zusammen im gleichen Krankenhaus arbeitete. Als mein armer Vater erkrankte, verbrachte Dymow ganze Tage und Nächte an seinem Bett. Soviel Selbstaufopferung! Hören Sie nur, Rjabowski ... Auch Sie, Schriftsteller, hören Sie zu, es ist sehr interessant. Kommen Sie näher heran. Wieviel Selbstaufopferung und aufrichtige Anteilnahme! Auch ich habe die Nächte nicht geschlafen und bei meinem Vater gesessen, und plötzlich – siehe da, hatte ich's dem braven Kerl angetan! Mein Dymow verliebte sich bis über die Ohren in mich. Wirklich, das Schicksal ist launenhaft. Nun, nach Vaters Tode war er hin und wieder bei mir, traf mich auf der Straße, und an einem schönen Abend machte er mir auf einmal – pardauz – einen Heiratsantrag ... ganz urplötzlich ... ich weinte die ganze Nacht hindurch und verliebte mich selbst in ihn. Und so bin ich, wie Sie sehen, seine Gattin geworden. Nicht wahr, er hat etwas Starkes, Mächtiges, Bärenartiges an sich? Jetzt ist sein Gesicht uns zu drei Vierteln zugewandt und schlecht beleuchtet; wenn er sich aber umdreht, sehen Sie nur seine Stirn an. Rjabowski, was sagen Sie zu dieser Stirn? Dymow, wir sprechen von dir!« rief sie ihrem Mann zu. »Komm hierher. Reich Rjabowski deine ehrliche Hand ... Ja so. Seid Freunde.«

Dymow reichte gutmütig und naiv lächelnd Rjabowski seine Hand und sagte: »Freue mich sehr. Mit mir zusammen beendete ein Rjabowski das Studium. Ist das ein Verwandter von Ihnen?«

2

Olga Iwanowna war zweiundzwanzig, Dymow einunddreißig Jahre alt. Nach der Hochzeit lebten sie ausgezeichnet zusammen. Olga Iwanowna behängte alle Wände des Besuchszimmers mit ihren eigenen und mit fremden Studien, mit und ohne Rahmen; neben dem Klavier und den Möbeln richtete sie einen hübschen engen Winkel mit chinesischen Sonnenschirmen, Staffeleien, bunten Stoffen, Dolchen, kleinen Büsten, Photographien ein. Die Wände des Eßzimmers beklebte sie mit volkstümlichen Holzschnitten, hängte Bastschuhe und Sicheln auf, stellte Sense und Rechen in eine Ecke und bekam so ein Eßzimmer im russischen Geschmack. Im Schlafzimmer drapierte sie Decke und Wände mit dunklem Tuch, daß es wie eine Höhle aussah, hing eine venezianische Laterne über die Betten und stellte neben der Tür eine Figur mit Hellebarde auf. Alle fanden, daß das junge Ehepaar ein ganz reizendes Heim hätte.

Olga Iwanowna spielte täglich, wenn sie etwa um elf aufgestanden war, Klavier, oder sie malte, wenn Sonnenschein war, irgend etwas in Ölfarben. Vor ein Uhr fuhr sie dann zu ihrer Schneiderin. Weil sie und Dymow wenig Geld hatten, gerade genug für das Nötigste, so mußte sie, damit sie häufig in neuen Kleidern erscheinen und durch ihren Putz auffallen konnte, mit der Schneiderin allerhand Kniffe aussinnen. Oft entstand aus einem alten, gefärbten Kleide, aus ganz billigen Fetzen von Tüll, Spitzen, Samt und Seide ein wahres Wunder, etwas geradezu Bezauberndes, kein Kleid, sondern ein Traumbild. Von der Schneiderin fuhr Olga Iwanowna gewöhnlich zu einer ihr bekannten Schauspielerin, um Theaterneuigkeiten zu erfahren und bei der

Gelegenheit sich um ein Billett für eine Erstaufführung oder eine Benefizvorstellung zu bemühen. Von der Schauspielerin mußte sie in das Atelier eines Malers oder in eine Gemäldeausstellung, dann zu irgendeiner Berühmtheit fahren, um sie zu sich einzuladen oder einen Besuch zu machen oder einfach um zu plaudern. Und überall empfing man sie fröhlich und liebenswürdig, überall versicherte man ihr, daß sie eine hübsche, reizende, seltene Frau sei ... Die Menschen, die sich berühmt und groß nannten, empfingen sie als ihresgleichen und prophezeiten ihr übereinstimmend, daß sie es bei ihren Talenten, ihrem Geschmack und Verstand weit bringen werde, wenn sie sich nur nicht zersplittere. Sie sang, spielte Klavier, malte in Öl, modellierte, nahm an Liebhabervorstellungen teil, und all das nicht ganz oberflächlich, sondern mit Talent; wenn sie Lämpchen für eine Illumination anfertigte, wenn sie sich putzte oder jemandem den Schlips band, alles ging ihr außerordentlich künstlerisch und geschmackvoll von der Hand. Aber nirgends zeigte sich ihre Begabung so deutlich wie in der Kunst, rasch mit berühmten Leuten bekannt zu werden und vertraulich umzugehen. Es brauchte sich nur jemand etwas auszuzeichnen und von sich reden zu machen, so war sie schon mit ihm bekannt, freundete sich am gleichen Tage mit ihm an und lud ihn zu sich ein. Jede neue Bekanntschaft war für sie ein wahres Fest. Sie vergötterte berühmte Leute, war stolz auf sie und sah sie jede Nacht im Traum. Sie sehnte sich nach ihnen und konnte doch auf keine Weise ihre Sehnsucht stillen. Die alten gingen fort und gerieten in Vergessenheit; an ihrer Stelle tauchten neue auf; auch an diese gewöhnte sie sich rasch, oder sie wurde enttäuscht und suchte gierig nach neuen und immer neuen großen Leuten, fand sie und suchte wieder andere. Warum nur?

Um fünf Uhr aß sie mit ihrem Mann zu Hause Mittag. Seine Einfachheit, sein gesunder Sinn, seine Gutmütigkeit versetzten sie in Entzücken und Rührung. Jeden Augenblick sprang sie auf, umschlang leidenschaftlich seinen Kopf und bedeckte ihn mit Küssen.

»Du bist ein kluger und edler Mann, Dymow«, sagte sie, »aber du hast einen großen Fehler: du interessierst dich nicht für Kunst. Du lehnst die Musik und die Malerei ab.«

»Ich verstehe nichts davon«, sagte er sanft. »Ich habe mich mein Leben lang mit Naturwissenschaft und Medizin befaßt und habe keine Zeit, mich für die Künste zu interessieren.«

»Aber das ist doch entsetzlich, Dymow!«

»Warum denn? Deine Bekannten wissen nichts von Naturwissenschaft und Medizin, und doch machst du ihnen keinen Vorwurf daraus. Jedem das Seine. Ich verstehe nichts von Landschaftsbildern und Opern. Aber ich denke so: wenn kluge Leute ihnen ihr ganzes Leben widmen und andere kluge Leute riesige Gelder dafür ausgeben, so sind sie anscheinend nötig. Ich verstehe nichts davon, aber sie nicht verstehen heißt nicht, sie ablehnen.«

»Komm, laß mich deine ehrliche Hand drücken.«

Nach dem Essen fuhr Olga Iwanowna zu ihren Bekannten, dann ins Theater oder Konzert, und nach Mitternacht erst kam sie heim. So ging es jeden Tag.

Mittwoch abend hatte sie ihren Jour fixe. An diesen Abenden spielten Hausfrau und Gäste nicht Karten, tanzten auch nicht, sondern zerstreuten sich mit allerhand künstlerischen Darbietungen. Der Schauspieler vom Dramatischen

Theater las vor, der Sänger sang, die Maler zeichneten in die Alben, von denen Olga Iwanowna eine Menge besaß, der Cellist spielte, und die Hausfrau zeichnete auch, modellierte, sang und begleitete auf dem Klavier. In den Pausen zwischen Vorlesen, Musik und Gesang sprach und stritt man über Literatur, Theater, Malerei. Damen waren nicht anwesend; denn Olga Iwanowna hielt alle Damen außer den Schauspielerinnen und ihrer Schneiderin für langweilig und banal. Keine Abendgesellschaft verging, ohne daß die Hausfrau bei jedem Glockenzeichen zusammenfuhr und mit triumphierendem Gesicht sagte: »Das ist er!« Und unter dem Wort »er« verstand sie irgendeine neue von ihr eingeladene Berühmtheit. Dymow war nicht im Gästezimmer, und niemand erinnerte sich seiner Existenz. Aber genau halb zwölf öffnete sich die Tür zum Speisezimmer. Dymow mit seinem gutmütigen, sanften Lächeln wurde sichtbar und sagte händereibend: »Bitte, meine Herrschaften, zum Imbiß.«

Alle gingen ins Speisezimmer, und jedesmal sahen sie auf dem Tisch ein und dasselbe: eine Schüssel mit Austern, ein Stück Schinken oder Kalbfleisch, Sardinen, Käse, Kaviar, Pilze, Wodka und zwei Karaffen Wein.

»Mein lieber Maître d'hôtel!« sage Olga Iwanowna, vor Entzücken in die Hände klatschend. »Du bist einfach bezaubernd! Meine Herrschaften, sehen Sie nur seine Stirn! Dymow, zeig uns dein Profil ... Meine Herrschaften, sehen Sie doch: er hat das Antlitz eines bengalischen Tigers, aber einen guten, lieben Ausdruck, wie ein Hirsch. Ach, mein Lieber!«

Die Gäste aßen und dachten, wenn sie Dymow ansahen: »In der Tat, ein prächtiger Mensch«, doch bald vergaßen sie ihn und fuhren fort, von Theater, Musik und Malerei zu sprechen.

Das junge Ehepaar war glücklich, und ihr Leben floß glatt dahin. Übrigens verlief die dritte Woche ihres Honigmonds nicht ganz glücklich, ja sogar traurig. Dymow hatte sich im Krankenhaus mit der Rose angesteckt, lag sechs Tage zu Bett und mußte sein schönes, schwarzes Haar vollständig abscheren lassen. Olga Iwanowna saß bei ihm und weinte bitter. Doch als es ihm besser ging, wickelte sie ein weißes Tuch um seinen abgeschorenen Kopf und malte ihn als Beduinen. Und beide wurden vergnügt. Etwa drei Tage danach, als er völlig geheilt wieder in die Krankenhäuser zu gehen begann, hatte er ein neues Mißgeschick.

»Ich habe kein Glück, Frauchen«, sagte er einmal bei Tisch. »Heute hatte ich vier Obduktionen, und ich schnitt mich gleich in zwei Finger. Ich hab' es erst jetzt zu Hause bemerkt.«

Olga Iwanowna erschrak. Er lächelte und sagte, das sei eine Bagatelle, und er schneide sich bei Obduktionen häufig in die Hände.

»Ich bin eben zu eifrig, Frauchen, und bin zerstreut.«

Olga Iwanowna fürchtete voller Unruhe eine Leichenvergiftung und betete nachts, aber alles lief gut ab. Und wieder ging das friedliche, glückliche Leben ohne Kummer und Aufregung weiter. Die Gegenwart war großartig, und zur Abwechslung nahte der Frühling, von fern her schon lächelnd und tausend Freuden verheißend. Das Glück will kein Ende nehmen! Im April, Mai und Juni eine Sommervilla weit draußen vor der Stadt, Spaziergänge, Studien, Fischfang und Nachtigallenschlag; und dann, vom Juli bis zum Herbst, machen die Maler eine Fahrt an die Wolga, und an dieser Fahrt wird als ständiges Mitglied der Künstlergemeinde auch Olga Iwanowna teilnehmen. Schon hatte sie sich zwei Reisekostüme aus Leinwand genäht, sich Farben, Pinsel, Leinwand und eine neue Palette für die Reise gekauft. Fast täglich kam Rjabowski, um zu sehen, was für Fortschritte sie in der Malerei mache. Wenn sie ihm ihre Arbeiten zeigte, steckte er die Hände tief in die Hosentaschen, drückte die Lippen fest zusammen, zischte und sagte: »So ist's ... Ihre Wolke schreit: sie ist nicht vom Abend beleuchtet. Der Vordergrund ist gewissermaßen zerkaut, verstehen Sie, irgendwie falsch angepackt ... Und Ihr Hüttchen wirkt irgendwie zerquetscht, es kreischt kläglich ... Diese Ecke müßte dunkler ausfallen. Doch im ganzen ist's nicht übel ... Ich muß es loben.«

Und je unverständlicher er sprach, desto leichter verstand ihn Olga Iwanowna.

3

Am Pfingstmontag nach dem Essen kaufte Dymow Sakuski und Konfekt und fuhr zu seiner Frau hinaus in die Sommervilla. Sie hatten sich zwei Wochen nicht gesehen, und er sehnte sich sehr nach ihr. Als er im Zuge saß und dann die ganze Zeit über, als er in dem großen Hain die Villa suchte, fühlte er Hunger und Ermüdung und träumte davon, wie er im Freien mit seiner Frau zusammen Abendbrot essen und sich dann tüchtig ausschlafen werde. Und er freute sich, wenn er sein Paket ansah, in dem Kaviar, Käse und Silberlachs waren. Als er die Villa gefunden hatte, war die Sonne im Untergehen. Das alte Dienstmädchen sagte, die gnädige Frau sei nicht zu Hause, würde aber wahrscheinlich bald heimkommen. In der von außen sehr unansehnlichen Wohnung, die mit Schreibpapier verklebte Decken und unebene, rissige Dielen hatte, gab es nur drei Zimmer. In dem einen stand ein Bett, im andern lagen auf Stühlen und Fensterbrettern Leinwand, Pinsel, schmutziges Papier, Herrenmäntel und Herrenhüte umher, und im dritten Zimmer traf Dymow drei ihm unbekannte Herren an. Zwei waren brünett und trugen kurze Bärte, der dritte war glatt rasiert, dick, augenscheinlich ein Schauspieler. Auf dem Tisch kochte der Samowar.

»Was wünschen Sie?« fragte in tiefem Baß der Schauspieler und sah Dymow unfreundlich an. »Sie suchen Olga Iwanowna? Warten Sie, sie wird sofort kommen.« Dymow setzte sich hin und begann zu warten. Einer der brünetten Herren blickte ihn schläfrig und träge an, goß sich Tee ein und fragte: »Vielleicht wünschen Sie Tee?«

Dymow hatte große Lust zu essen und zu trinken; um sich aber den Appetit nicht zu verderben, verzichtete er auf den Tee. Bald hörte man Schritte und ein bekanntes Lachen, eine Tür schlug zu, und ins Zimmer herein kam Olga Iwanowna in breitrandigem Hut, einen Karton in der Hand; ihr folgte mit einem großen Schirm und einem Klappstuhl der fröhliche, rotbackige Rjabowski.

»Dymow!« rief Olga Iwanowna und wurde rot vor Freude. »Dymow!« wiederholte sie und legte Kopf und Hände an seine Brust. »Du bist es! Warum bist du so lange nicht gekommen? Warum? Warum?«

»Habe ich denn Zeit, Frauchen? Ich bin dauernd beschäftigt, und wenn ich frei bin, dann trifft es sich immer, daß gerade kein Zug fährt.«

»Wie ich mich freue, dich zu sehen! Ich habe die ganze

Nacht von dir geträumt und fürchtete, du wärest krank. Ach, wenn du wüßtest, wie lieb du bist, wie du im rechten Augenblick kommst! Du wirst mein Retter sein. Du allein kannst mich retten! Morgen ist hier eine äußerst originelle Hochzeit«, fuhr sie lachend fort und band ihrem Manne den Schlips. »Der junge Telegraphist auf der Eisenbahnstation, Tschikeldejew, heiratet. Ein hübscher junger Mann, nun, nicht dumm, er hat, weißt du, im Gesicht einen starken, bärenartigen Ausdruck. Man könnte einen jungen Waräger nach ihm malen. Wir Villenbewohner interessieren uns alle für ihn und haben ihm das Ehrenwort gegeben, bei seiner Hochzeit dabeizusein ... Ein armer, alleinstehhender, schüchterner Mann, es wäre natürlich Sünde, an ihm keinen Anteil zu nehmen. Stelle dir vor, nach der Messe ist die Trauung, dann gehen wir alle zu Fuß aus der Kirche zur Wohnung der Braut ... Du verstehst, der Wald, Vogelgesang, Sonnenflecken auf dem Gras, und wir alle als bunte Flecken auf hellgrünem Grunde – das ist sehr originell, im Geschmack der französischen Impressionisten. Aber, Dymow, worin soll ich zur Kirche gehen?« sagte Olga Iwanowna und machte ein weinerliches Gesicht. »Ich habe nichts hier, buchstäblich nichts, kein Kleid, keine Blumen, keine Handschuhe ... Du mußt mich retten. Daß du herkommst, bedeutet, daß dir das Schicksal selber befiehlt, mich zu retten. Mein Lieber, nimm die Schlüssel, fahre nach Hause und nimm aus dem Kleiderschrank mein rosafarbenes Kleid. Du kennst es, es hängt als erstes da ... Dann wirst du im Abstellraum rechts auf dem Fußboden zwei kleine Kartons sehen; wenn du den obersten öffnest, so liegt obenauf lauter Tüll. Tüll, Tüll und allerhand Flicken sind darin, aber darunter liegen Blumen. Nimm alle Blumen vorsichtig heraus, bemühe dich, Lieber, sie nicht zu drükken, ich suche mir dann die passenden heraus ... Und dann kaufe mir Handschuhe.«

»Gut«, sagte Dymow, »morgen fahr' ich hinein und schick es dir.«

»Wieso denn morgen?« fragte Olga Iwanowna und sah ihn erstaunt an. »Wie kannst du morgen damit zurechtkommen? Morgen geht der erste Zug um neun, und um elf ist die Trauung. Nein, Liebling, du mußt heute, unbedingt heute fahren! Wenn du morgen nicht herkommen kannst, schick alles mit einem Expreßboten. Nun, also ... Der Personenzug muß sofort kommen, verspäte dich nur nicht, Lieber.«

»Gut.«

»Ach, wie leid tut es mir, dich fortzulassen«, sagte Olga Iwanowna, und Tränen stiegen ihr in die Augen, »warum habe ich Närrin nur dem Telegraphisten mein Wort gegeben!«

Dymow trank rasch ein Glas Tee, nahm eine Baranka und ging sanft lächelnd zur Station. Den Kaviar, Käse und Lachs aßen die zwei brünetten Herren und der dicke Schauspieler auf.

4

In einer stillen Juli-Mondnacht stand Olga Iwanowna auf dem Verdeck eines Wolgadampfers und blickte bald auf das Wasser, bald auf die schönen Ufer. Neben ihr stand Rjabowski und erklärte ihr, daß die schwarzen Schatten auf dem Wasser nicht Schatten, sondern Traumbilder seien, daß es gut wäre, wenn man angesichts dieses zauberischen Wassers mit seinem phantastischen Glanz angesichts des bodenlosen Himmels und der traurigen, nachdenklichen Ufer, die die Nichtigkeit unseres Lebens, die Existenz von etwas Höherem, Ewigem, Seligem verkündeten, einschlummern, sterben, zur Erinnerung werden könnte. Die Vergangenheit sei vorbei und uninteressant, die Zukunft nichtig, und diese wunderbare einzigartige Nacht gehe bald zu Ende, verschmelze mit der Ewigkeit – wozu soll man leben?

Und Olga Iwanowna lauschte bald der Stimme Rjabowskis, bald der nächtlichen Stille und dachte darüber nach, daß sie unsterblich sei und niemals sterben werde. Die türkisblaue Farbe des Wassers, die sie früher nie gesehen hatte, der Himmel, die Ufer, die schwarzen Schatten und eine unwillkürliche Freudigkeit, die ihre Seele erfüllte, sagten ihr, daß sie eine große Künstlerin werden würde und daß dort, irgendwo in der Ferne, hinter der Mondnacht, im endlosen Raume Erfolg, Ruhm, die Liebe des Volkes ihrer warteten ... Wenn sie, ohne mit den Augen zu blinzeln, lange in die Ferne blickte, glaubte sie Menschenscharen, Lichter zu sehen, glaubte Musikklänge, Rufe des Entzückens zu hören – sie selber war im weißen Kleide, und Blumen fielen von allen Seiten auf sie herab. Sie dachte auch daran, daß neben ihr, auf die Reling gestützt, ein wirklich großer Mann, ein Genius, ein Auserwählter Gottes stünde ... Alles, was er bisher geschaffen hatte, war wunderschön, war neu und außerordentlich, und das, was er künftig schaffen werde, wenn mit der Männlichkeit sein seltenes Talent erstarke, müsse einzigartig, unendlich erhaben werden, was man doch schon an seinem Gesicht, an seiner Ausdrucksweise, an seinem Verhältnis zur Natur spüre. Von den Schattierungen, den abendlichen Tönen, vom Mondlicht spreche er irgendwie besonders, in einer eigenen Sprache, so daß man unmittelbar seine zauberische Macht über die Natur fühle. Er selbst sei sehr schön, originell und sein unabhängiges, freies, allem Irdischen enthobenes Leben gleiche dem Leben eines Vogels.

»Es wird frisch«, sagte Olga Iwanowna und schauderte.

Rjabowski hüllte sie in seinen Mantel und sagte betrübt: »Ich fühle mich in Ihrer Gewalt. Ich bin Ihr Sklave. Warum sind Sie heute so bezaubernd?«

Er sah sie die ganze Zeit an, ohne sich von ihr losreißen zu können, seine Augen waren schrecklich, und sie fürchtete sich, ihn anzusehen.

»Ich liebe Sie leidenschaftlich ...«, flüsterte er, und sein Haupt berührte ihre Wange. »Sagen Sie mir ein Wort, und ich will nicht mehr leben, ich lasse die Kunst liegen ...«, murmelte er tief erregt. »Lieben Sie mich, lieben Sie mich ...«

»Sprechen Sie nicht so«, sagte Olga Iwanowna und schloß ihre Augen. »Das ist schrecklich. Und Dymow?«

»Was heißt Dymow? Warum Dymow? Was habe ich mit Dymow zu tun? Die Wolga, der Mond, Ihre Schönheit, meine Liebe, mein Entzücken, da gibt es keinen Dymow ... Ach, ich weiß nichts ... Ich brauche nichts vom Vergangenen, schenken Sie mir nur einen Augenblick, einen Moment!«

Olga Iwanownas Herz begann zu schlagen. Sie wollte an ihren Mann denken, aber ihre ganze Vergangenheit mit der Hochzeit, mit Dymow und den Abendgesellschaften schien ihr klein, nichtig, trübe, unnütz und ganz, ganz fern ... In der Tat: Was hieß da Dymow? Warum Dymow? Was hatte sie mit Dymow zu tun? Existierte er überhaupt, und ist er nicht nur ein Traum?

»Für ihn, diesen einfachen, alltäglichen Menschen, genügt das Glück, das er bereits empfangen hat«, dachte sie und bedeckte ihr Gesicht mit den Händen. »Mag man mich dort verurteilen und verfluchen, allen zum Trotz will ich zugrunde gehen ... Man muß alles im Leben durchkosten. Mein Gott, wie herrlich aufregend das ist!«

»Nun? Wie?« murmelte der Maler, umarmte sie und küßte leidenschaftlich ihre Hände, die einen schwachen Versuch machten, ihn wegzustoßen. »Du liebst mich? Ja? Oh, was für eine Nacht! Welch wunderbare Nacht!«

»Ja, was für eine Nacht!« flüsterte sie und sah ihm in die von Tränen glänzenden Augen, dann blickte sie sich rasch um, umarmte ihn und küßte ihn kräftig auf die Lippen.

»Wir kommen nach Kineschma!« sagte jemand auf der anderen Seite des Verdecks. Man hörte schwere Schritte. Der Kellner aus der Speisekabine ging vorüber.

»Hören Sie ...«, sagte Olga Iwanowna zu ihm, lachend und weinend vor Glück, »bringen Sie uns Wein.«

Bleich vor Erregung, setzte sich der Maler auf die Bank, sah Olga Iwanowna mit vergötternden, dankbaren Augen an, schloß dann die Lider und sagte, matt lächelnd: »Ich bin müde.« Und er neigte den Kopf auf die Reling.

5

Am zweiten September war der Tag warm und still, aber trübe. Frühmorgens zog leichter Nebel über die Wolga hin, und nach neun Uhr begann schwacher Regen zu fallen. Es war nicht zu erwarten, daß sich der Himmel aufklären werde. Beim Tee sagte Rjabowski zu Olga Iwanowna, die Malerei sei die undankbarste, langweiligste Kunst, er sei überhaupt kein Künstler, nur Dummköpfe glaubten, daß er Talent habe – und plötzlich, mir nichts dir nichts, ergriff er ein Messer und zerkratzte damit seine beste Studie. Nach dem Tee saß er brütend am Fenster und blickte auf die Wolga hinaus. Aber die Wolga war ohne Glanz, trübe, matt und kalt. Alles, alles gemahnte an das Nahen des melancholischen, düsteren Herbstes. Es machte den Eindruck, als ob die Natur die üppigen grünen Teppiche der Ufer, die diamantenen Sonnenreflexe, die durchsichtige blaue Ferne und alles Funkelnde und Prächtige von der Wolga abräume und bis zum kommenden Frühling in die Truhe lege; die Krähen flogen über den Strom hin und neckten ihn: »Kahl bist du, kahl!« Rjabowski hörte ihr Krächzen und dachte daran, daß er seine Lebenskraft, sein Talent bereits vertan habe, daß alles in dieser Welt bedingt, relativ und dumm sei; und daß er sich mit dieser Frau nicht hätte einlassen sollen ...

Mit einem Wort, er war schwermütig und nicht in Stimmung.

Olga Iwanowna saß hinter der spanischen Wand auf dem Bett, und während sie ihr wunderschönes Haar kämmte, stellte sie sich ihren Mann bald im Besuchs-, bald im Schlafzimmer, bald im Kabinett vor; ihre Einbildungskraft führte sie ins Theater, zur Schneiderin, zu ihren berühmten Freunden. Was mögen die wohl jetzt tun? Ob sie an sie denken? Die Saison hat schon begonnen, es wäre Zeit, an ihr Abendkränzchen zu denken. Und Dymow? Der liebe Dymow! Wie sanft und kindlich-klagend bittet er sie in seinen Briefen, doch so rasch wie möglich nach Hause zu kommen! Jeden Monat schickte er ihr fünfundsiebzig Rubel, und als sie ihm schrieb, sie hätte bei den Malern hundert Rubel

Schulden gemacht, schickte er ihr auch diese hundert. Welch guter, hochherziger Mensch! Die Reise hatte Olga Iwanowna ermüdet, sie langweilte sich und wünschte möglichst rasch von diesen Bauern und dem feuchten Flußgeruch wegzukommen und sich von diesem Gefühl physischer Unsauberkeit zu befreien, das sie die ganze Zeit über verspürte, in der sie in Bauernhütten lebten und von Dorf zu Dorf zogen. Hätte Rjabowski nicht den Malern sein Ehrenwort gegeben, bis zum zwanzigsten September mit ihnen hier zu bleiben, so könnte man schon heute abreisen. Und wie gut wäre das!

»Mein Gott!« stöhnte Rjabowski, »wann wird denn endlich die Sonne herauskommen? Ich kann doch eine sonnige Landschaft nicht ohne Sonne weitermalen! ...«

»Du hast doch auch eine Studie mit Wolkenhimmel«, sagte Olga Iwanowna und kam hinter dem Bettschirm hervor. »Erinnerst du dich, rechts Wald, links eine Herde Kühe und Gänse. Die könntest du jetzt beenden.«

»Ach«, sagte der Maler und runzelte die Stirn. »Beenden! Glauben Sie wirklich, daß ich so dumm bin und nicht weiß, was ich tun muß?!«

»Wie anders bist du zu mir geworden!« seufzte Olga Iwanowna.

»Ach, lächerlich!«

Olga Iwanownas Gesicht erbebte, sie ging zum Ofen und begann zu weinen.

»Ja, Tränen fehlten gerade noch. Hören Sie auf! Ich habe tausend Gründe zum Weinen und tue es nicht.«

»Tausend Gründe!« schluchzte Olga Iwanowna. »Der Hauptgrund ist, daß Sie sich schon durch mich bedrückt fühlen. Ja!« fuhr sie weinend fort, »sagen Sie doch die Wahrheit. Sie schämen sich unserer Liebe. Sie mühen sich immer, die Maler nichts merken zu lassen, obwohl nichts mehr zu verbergen und ihnen schon längst alles bekannt ist.«

»Olga, ich bitte Sie um eines«, sagte der Künstler flehentlich, »um eines: Quälen Sie mich nicht! Mehr verlange ich nicht von Ihnen!«

»Aber schwören Sie, daß Sie mich immer noch lieben!«

»Wie quälend ist das!« stieß der Künstler hervor und sprang auf. »Das wird noch damit enden, daß ich mich in die Wolga stürze oder den Verstand verliere! Lassen Sie mich in Ruhe!«

»Nun, töten Sie mich, töten Sie mich!« schrie Olga Iwanowna auf. »Töten Sie mich!«

Sie begann wieder zu schluchzen und ging hinter den Bettschirm. Auf das Strohdach der Bauernhütte begann der Regen niederzurauschen. Rjabowski griff sich an den Kopf und ging von einer Ecke in die andere, dann setzte er mit entschlossener Miene, als wolle er jemandem etwas beweisen, die Mütze auf, warf sein Gewehr über die Schulter und ging hinaus.

Noch lange nachdem er fortgegangen war, lag Olga Iwanowna auf dem Bett und weinte. Anfangs dachte sie, es wäre gut, sich zu vergiften, damit der heimkehrende Rjabowski sie tot fände. Dann aber schweiften ihre Gedanken ins Besuchszimmer, ins Kabinett ihres Mannes, und sie stellte sich vor, wie sie neben Dymow sitzt und die körperliche Ruhe und Reinheit genießt, wie sie abends im Theater sitzt und Mazini in »Cavalleria rusticana« hört. Und die Sehnsucht nach der Zivilisation, nach dem Lärm der Stadt, nach den berühmten Leuten begann ihr Herz zu quälen. Die Bauersfrau kam in die Hütte und fing an, langsam den

Ofen zu heizen, um das Essen zuzubereiten. Es verbreitete sich ein brenzliger Geruch, und die Luft wurde blau vom Rauch. Es kamen Maler herein, in hohen schmutzigen Stiefeln und mit regennassen Gesichtern, betrachteten die Studien und sagten sich zum Trost, daß die Wolga sogar bei schlechtem Wetter ihre Reize habe. Und die billige Wanduhr machte: tick-tick-tick ... Frierende Fliegen sammelten sich in der Ecke um die Heiligenbilder und summten, und man hörte, wie in der dicken Pappe unter den Bänken die Küchenschaben raschelten ...

Rjabowski kam nach Hause, als die Sonne schon unterging. Er warf die Mütze auf den Tisch, und bleich, erschöpft, mit schmutzigen Stiefeln ließ er sich auf der Bank nieder und schloß die Augen.

»Ich bin müde ...«, sagte er und zuckte mit den Brauen, indem er sich anstrengte, die Augen offenzuhalten.

Um sich bei ihm einzuschmeicheln und zu zeigen, daß sie nicht böse sei, ging Olga Iwanowna zu ihm, küßte ihn schweigend und fuhr mit ihrem Kamm durch sein hellblondes Haar; sie wollte ihn frisieren.

»Was ist das!« fragte er zusammenfahrend, als hätte man ihn mit etwas Kaltem berührt. »Was ist das? Lassen Sie mich bitte in Ruhe!«

Er schob sie mit den Händen von sich und ging fort, und ihr schien, daß sein Gesicht Abscheu ausdrücke. In diesem Augenblick brachte ihm die Bauersfrau vorsichtig mit beiden Händen einen Teller Kohlsuppe, und Olga Iwanowna sah, wie sie ihre Daumen in die Suppe tauchte. Und die schmutzige Frau mit ihrem übermäßig geschnürten Unterleib, die Kohlsuppe, die Rjabowski gierig zu essen begann, die Hütte und dieses ganze Leben, das sie anfangs um seiner Einfachheit und künstlerischen Unordnung willen geliebt hatte, erschienen ihr jetzt entsetzlich. Sie fühlte sich plötzlich beleidigt und sagte kalt: »Wir müssen uns für einige Zeit trennen, sonst möchten wir uns aus Überdruß ernstlich überwerfen. Ich bin es satt. Heute fahre ich ab.«

»Womit? Rittlings auf einem Stock?«

»Heute ist Donnerstag, also kommt der Dampfer um halb zehn.«

»So? ja, ja ... Nun, so reise nur«, sagte Rjabowski weich, indem er sich mit dem Handtuch statt einer Serviette den Mund wischte. »Dir ist's hier langweilig, und es gibt auch nichts zu arbeiten; ich müßte ein großer Egoist sein, wenn ich dich halten wollte. Reise nur, nach dem zwanzigsten werden wir uns wiedersehen.« Olga Iwanowna packte fröhlich ihre Sachen zusammen, ihre Wangen glühten sogar vor Vergnügen. Ist es tatsächlich wahr, fragte sie sich, daß sie bald im Besuchszimmer wieder malen, im Schlafzimmer schlafen und von einem Tischtuch essen werde? Ihr wurde leicht ums Herz, sie war nicht mehr böse auf den Künstler. »Farben und Pinsel lasse ich hier, Rjabuscha«, sagte sie. »Was zurückbleibt, bringst du mit ... Gib acht, wenn ich weg bin, und faulenze hier nicht, blase nicht Trübsal, sondern arbeite. Du bist doch ein fescher, junger Kerl, Rjabusch.«

Um neun Uhr küßte sie Rjabowski zum Abschied, um es, wie sie meinte, nicht in Gegenwart der anderen auf dem Dampfer zu tun; dann brachte er sie zur Anlegestelle. Bald kam der Dampfer und führte sie weg.

Nach etwa sechzig Stunden kam sie zu Hause an. Ohne Hut und Gummimantel abzulegen und schwer atmend vor Erregung, ging sie durch das Besuchszimmer und von da in den Speiseraum. Dymow saß ohne Rock mit aufgeknöpfter Weste am Tisch und schärfte das Messer an der Gabel; ein Rebhuhn lag vor ihm auf dem Teller. Als Olga Iwanowna die Wohnung betrat, war sie noch überzeugt, sie müsse alles vor ihrem Mann verheimlichen, und sie werde auch genug List und Kraft dazu haben; als sie aber jetzt sein breites, sanftes, glückseliges Lächeln und die freudig glänzenden Augen sah, fühlte sie, daß vor diesem Mann etwas zu verheimlichen so gemein und ekelhaft wie unmöglich sei und ebenso über ihre Kraft ginge wie Verleumdung, Diebstahl oder Mord; und sie entschloß sich augenblicklich, ihm alles Geschehene zu erzählen. Nachdem sie sich von ihm hatte küssen und umarmen lassen, fiel sie vor ihm auf die Knie und bedeckte ihr Gesicht.

»Was denn, was denn, Frauchen?« fragte der zärtlich. »Ist es dir langweilig geworden?« Sie erhob ihr Gesicht, das rot vor Scham war, und sah ihn schuldbewußt und flehend an, aber Angst und Scham ließen sie nicht die Wahrheit sagen.

»Nichts ...«, sagte sie, »das kam nur so ...«

»Setzen wir uns ...«, sagte er, hob sie auf und setzte sie an den Tisch. »So iß ... iß von dem Rebhuhn. Du bist sicher ausgehungert, du Arme.«

Sie sog gierig die heimatliche Luft ein und aß von dem Rebhuhn; er aber sah sie gerührt an und lachte froh.

6

Seit Mitte des Winters begann Dymow anscheinend zu ahnen, daß er betrogen wurde. Er vermochte, als ob er selbst ein unreines Gewissen habe, seiner Frau nicht mehr in die

Augen zu sehen, er lächelte nicht mehr fröhlich, wenn sie einander begegneten, und um weniger mit ihr allein zu sein, brachte er häufig seinen Kollegen Korostelew mit, ein kleines, kurzgeschorenes Männchen mit einem zerknitterten Gesicht, der jedesmal, wenn er sich mit Olga Iwanowna unterhielt, vor Verwirrung alle Rockknöpfe auf- und wieder zuknöpfte und dann mit der rechten Hand seinen linken Schnurrbart zu zwirbeln begann. Bei Tisch sprachen die beiden Ärzte davon, daß bei einer zu hohen Lage des Zwerchfells das Herz bisweilen ungleichmäßig schlage oder daß in letzter Zeit verschiedene Nervenkrankheiten recht häufig vorkamen oder daß gestern Dymow, der eine Leiche mit der Diagnose »perniziöse Anämie« obduzierte, Krebs an der Bauchspeicheldrüse vorfand. Und es schien, daß die beiden ihre medizinische Unterhaltung nur führten, damit es Olga Iwanowna möglich war, zu schweigen, das heißt, nicht zu lügen. Nach dem Essen setzte sich Korostelew ans Klavier; Dymow seufzte und sagte zu ihm: »Ach, mein Lieber!« – »Nun, was denn!« – »Spiel doch etwas Trauriges.«

Korostelew zog die Schultern in die Höhe, spreizte die Finger auseinander, schlug einige Akkorde an und begann im Tenor zu singen:

»Zeig mir das Haus,
Wo der russische Bauer nicht stöhnt«,

und Dymow seufzte noch einmal, stützte seinen Kopf in die Hände und versank in Nachdenken.

In letzter Zeit benahm sich Olga Iwanowna äußerst unvorsichtig. Jeden Morgen wachte sie in schlechter Stimmung und mit dem Gedanken auf, Rjabowski liebe sie nicht mehr und gottlob sei nun alles aus. Beim Kaffeetrinken aber überlegte sie sich, daß ihr Rjabowski ihren Mann weggenommen habe und sie also ohne Mann und ohne Rjabowski sein würde; dann dachte sie daran, wie ihre Bekannten erzählten, Rjabowski bereite etwas Besonderes zur Ausstellung vor, eine Mischung von Landschafts- und Genrebild im Geschmack von Polenow, worüber alle, die in sein Atelier kamen, in Entzücken gerieten; das, dachte sie, habe er ja unter ihrem Einfluß geschaffen, und überhaupt habe er unter ihrem Einfluß große Fortschritte gemacht. Ihr Einfluß sei so günstig und fruchtbar, daß er am Ende zugrunde gehen werde, wenn sie ihn verlasse. Sie dachte auch daran, wie er das letzte Mal in einem grauen Rock mit glänzenden Tupfen und mit einem neuen Schlips zu ihr gekommen war und müde gefragt hatte: »Bin ich hübsch?« Und tatsächlich, er war elegant und mit seinen langen Locken und blauen Augen sehr hübsch – oder wenigstens schien es so –, und er war freundlich zu ihr gewesen.

Nachdem sie sich an vieles erinnert und allerlei hin und her erwogen hatte, zog sich Olga Iwanowna an und fuhr in heftiger Erregung zu Rjabowski ins Atelier. Sie traf ihn fröhlich und von seinem in der Tat großartigen Bilde begeistert an; er sprang herum, trieb Possen und antwortete auf ernste Fragen mit Scherzen; Olga Iwanowna war eifersüchtig auf das Bild; sie haßte es, doch aus Höflichkeit blieb sie schweigend fünf Minuten davor stehen und sagte leise, seufzend, wie man vor einem Heiligenbilde seufzt:

»Ja, du hast noch nie etwas Ähnliches gemalt. Weißt du, es macht einem sozusagen angst und bange.«

Dann begann sie ihn anzuflehen, er solle sie lieben und nicht verlassen, möchte sich ihrer als einer Armen, Unglücklichen erbarmen. Sie weinte, küßte seine Hände, verlangte, daß er ihr Liebe schwöre, versuchte, ihm zu beweisen, daß er ohne ihren guten Einfluß aus der Bahn kommen und zugrunde gehen werde. Und nachdem sie ihm die gute Laune verdorben hatte, fuhr sie mit einem Gefühl der Erniedrigung zu ihrer Schneiderin oder zu einer befreundeten Schauspielerin, um eine Theaterkarte zu bekommen.

Traf sie ihn nicht im Atelier an, so hinterließ sie einen Brief, in dem sie schwor, sie würde sich unfehlbar vergiften, wenn er heute nicht zu ihr käme. Er bekam dann Angst, kam zu ihr und blieb zum Essen. Ohne sich um die Anwesenheit ihres Mannes zu kümmern, sagte er ihr Frechheiten, und sie antwortete ihm in gleicher Weise. Beide fühlten, daß sie einander Fesseln anlegten, daß einer des anderen Despot und Feind sei; sie waren gereizt, und in ihrer Gereiztheit bemerkten sie nicht, daß sie beide sich unmöglich benahmen und daß sogar der kurzgeschorene Korostelew alles begriff. Nach dem Essen verabschiedete sich Rjabowski eilig. »Wohin gehen Sie?« fragte ihn Olga Iwanowna im Vorzimmer und sah ihn haßerfüllt an.

Die Stirne runzelnd und mit den Augen blinzelnd nannte er irgendeinen ihnen gemeinsamen bekannten Namen, und man konnte erkennen, daß er über ihre Eifersucht lachte und sie ärgern wollte. Sie ging in ihr Schlafzimmer und legte sich ins Bett; aus Eifersucht, Ärger und einem Gefühl der Erniedrigung und Scham biß sie in die Kissen und begann laut zu schluchzen. Dymow ließ Korostelew im Besuchszimmer allein, ging ins Schlafzimmer und sagte leise, ganz verwirrt zu ihr: »Weine nicht so laut, Frauchen ... Was soll das? Man muß darüber schweigen ... Man darf keinen Argwohn erregen ... Weißt du, was geschehen ist, läßt sich nicht mehr einrenken.«

Weil sie nicht wußte, wie sie ihre quälende Eifersucht, die ihr bis in die Schläfen hämmerte, ersticken sollte und weil sie glaubte, daß man es noch einrenken könne, wusch sie sich, puderte ihr verweintes Gesicht und eilte zu der bekannten Dame. Da sie Rjabowski bei dieser nicht antraf, fuhr sie zu einer zweiten, dann zu einer dritten ... Anfangs schämte sie sich, so angefahren zu kommen, dann aber gewöhnte sie sich daran, und es geschah, daß sie an einem einzigen Abend bei allen befreundeten Damen herumfuhr, um Rjabowski zu suchen, und alle begriffen das.

Eines Tages sagte sie zu Rjabowski über ihren Mann: »Dieser Mensch bedrückt mich mit seiner Großmut!«

Die Phrase gefiel ihr so, daß sie beim Zusammentreffen mit Künstlern, die ihren Roman mit Rjabowski kannten, jedesmal über ihren Mann sagte, indem sie eine energische Handbewegung machte: »Dieser Mensch bedrückt mich mit seiner Großmut!«

Ihre Lebensweise war noch wie im Vorjahr. Am Mittwoch war ihr Jour fixe. Der Schauspieler las vor, die Maler zeichneten, der Cellist spielte, der Sänger sang, und unweigerlich tat sich halb zwölf dic Türe zum Speisezimmer auf, und Dymow sagte lächelnd: »Bitte, meine Herren, zu einem Imbiß.«

Wie früher suchte Olga Iwanowna bedeutende Männer, fand sie, ward enttäuscht und suchte von neuem. Wie früher kam sie tagtäglich spätnachts nach Hause; aber Dymow schlief nicht mehr wie im vorigen Jahre, sondern saß in seinem Kabinett und arbeitete. Er ging etwa um drei Uhr zu Bett und stand um acht auf.

Eines Abends, als sie, im Begriff ins Theater zu fahren, vor dem Ankleidespiegel stand, kam Dymow in Frack und weißer Binde ins Schlafzimmer. Er lächelte sanft und sah wie früher seiner Frau gerade in die Augen. Sein Gesicht strahlte.

»Ich habe soeben meine Dissertation verteidigt«, sagte er, sich niedersetzend und mit den Händen über die Knie fahrend.

»Du hast sie verteidigt?« fragte Olga Iwanowna.

»Und ob!« lachte er und reckte den Hals, um im Spiegel das Gesicht seiner Frau zu sehen, die mit dem Rücken zu ihm stehenblieb und ihre Frisur in Ordnung brachte. »Und ob!« wiederholte er. »Weißt du, es ist sehr wohl möglich, daß man mir eine Dozentur für allgemeine Pathologie anbieten wird. Es sieht so aus.«

Seinem glückseligen, strahlenden Gesicht war anzumerken, daß er Olga Iwanowna, falls sie seine Freude und seinen Triumph mit ihm teilen wollte, alles verzeihen würde, das Gegenwärtige wie das Zukünftige, und daß er bereit sei, alles zu vergessen; aber sie begriff gar nicht, was Dozentur und allgemeine Pathologie bedeuteten, außerdem fürchtete sie, zu spät ins Theater zu kommen, und so schwieg sie.

Er saß noch zwei Minuten da, lächelte schuldbewußt und ging hinaus.

7

Das war ein sehr unruhiger Tag.

Dymow hatte heftige Kopfschmerzen; morgens trank er keinen Tee, ging nicht ins Krankenhaus und lag die ganze Zeit in seinem Kabinett auf dem türkischen Diwan. Olga Iwanowna ging wie gewöhnlich nach zwölf zu Rjabowski, um ihm ihre Landschaftsstudie zu zeigen und ihn zu fragen, warum er gestern nicht gekommen sei. Die Studie erschien ihr unbedeutend, sie hatte sie nur gemalt, um den Maler unter einem besonderen Vorwand aufsuchen zu können.

Sie ging, ohne zu läuten, zu ihm hinein. Als sie im Vorzimmer die Überschuhe auszog, glaubte sie zu hören, daß irgend jemand, nach Frauenart mit dem Kleid raschelnd, leise durch das Atelier lief, und als sie sich beeilte, einen Blick ins Atelier zu werfen, sah sie nur ein Stück eines braunen Rockes für den Augenblick aufleuchten und hinter einem großen Bild verschwinden, das samt der Staffelei zur Hälfte mit schwarzem Kaliko verhängt war. Kein Zweifel: dort hielt sich eine Frau versteckt. Wie oft hatte Olga Iwanowna selber eine Zuflucht hinter diesem Bilde gefunden! Rjabowski, offenbar sehr verwirrt, wunderte sich über ihr Kommen, streckte ihr beide Hände entgegen und sagte mit gezwungenem Lächeln: »Ah! Freue mich sehr, Sie zu sehen: was bringen Sie Gutes?«

Olga Iwanownas Augen füllten sich mit Tränen. Sie empfand Scham und Bitternis, und nicht um alles in der Welt hätte sie in Gegenwart einer fremden Frau, einer Nebenbuhlerin und Lügnerin, die jetzt hinter dem Bild stand und wahrscheinlich schadenfroh kicherte, sprechen mögen.

»Ich habe Ihnen eine Studie gebracht ...«, sagte sie schüchtern mit schwacher Stimme, und ihre Lippen bebten. »Eine Studie nature morte.«

»Ah, eine Studie?«

Der Künstler nahm die Studie in die Hände und ging, sie betrachtend, wie automatisch ins Nebenzimmer. Olga Iwanowna folgte ihm.

»Nature morte ... erste Sorte«, murmelte er, nach Reimen suchend, »im Kurorte und im Porte.«

Aus dem Atelier hörte man eilige Schritte und das Rascheln eines Kleides. Also war sie fortgegangen. Olga Iwanowna hatte Lust, laut aufzuschreien, dem Künstler mit etwas Schwerem auf den Kopf zu schlagen und wegzulaufen; aber sie konnte vor Tränen nichts sehen. Sie war von ihrer Scham niedergedrückt und fühlte sich nicht mehr als Olga Iwanowna und nicht mehr als Künstlerin, sondern wie ein kleines Käferchen ...

»Ich bin müde ...«, sagte der Maler, blickte die Studie an und schüttelte den Kopf, um die Schläfrigkeit zu bekämpfen. »Das ist natürlich lieb, aber heute eine Studie und gestern eine Studie und vergangenes Jahr eine Studie und nächsten Monat wieder eine Studie ... wird Ihnen das nicht langweilig? Ich würde an Ihrer Stelle die Malerei aufgeben und mich ernsthaft mit Musik oder etwas anderem beschäftigen ... Sie sind doch keine Malerin, sondern eine Musikerin ... Ach, wie müde ich bin! Ich will sofort sagen, daß man Tee bringt ... Ja?«

Er ging aus dem Zimmer, und Olga Iwanowna hörte, wie er seinem Diener etwas befahl. Um sich nicht verabschieden, sich nicht erklären zu müssen und vor allem um nicht loszuweinen, lief sie, ehe Rjabowski zurückkehrte, rasch ins Vorzimmer, zog ihre Überschuhe an und ging auf die Straße. Dort seufzte sie erleichtert auf und fühlte sich für immer befreit von Rjabowski und der Malerei und der tiefen Scham, die sie im Atelier so sehr bedrückt hatte. Alles war zu Ende! Sie fuhr zur Schneiderin, dann zu Barnay, der gestern erst angekommen war, von Barnay in eine Musikalienhandlung, und die ganze Zeit über dachte sie daran, wie sie Rjabowski voller Würde einen kalten, bösen Brief schreiben und wie sie im Frühjahr oder Sommer mit Dymow in die Krim fahren wolle, um sich endgültig von der Vergangenheit zu befreien und ein neues Leben anzufangen.

Als sie nach Hause kam, setzte sie sich, ohne sich umzuziehen, ins Besuchszimmer, um den Brief zu schreiben ... Rjabowski hatte gesagt, daß sie keine Malerin sei; als Rache würde sie ihm jetzt schreiben, daß er Jahr für Jahr dasselbe male, daß er einseitig sei und nichts hervorbringen würde, was er nicht schon hervorgebracht hätte. Sie hatte Lust ihm auch zu schreiben, daß er ihrem guten Einfluß viel verdanke, und, wenn er jetzt schlecht handle, so sei schuld, daß ihr Einfluß zerstört werde durch zweideutige Personen von der Art, wie sich heute eine hinter dem Bilde versteckt hatte.

»Frauchen!« rief Dymow aus dem Kabinett, ohne die Türe zu öffnen. »Frauchen!«

»Was hast du?«

»Frauchen, komm nicht zu mir herein, komm nur an die Tür. Das ist so ... Vorgestern habe ich mich im Krankenhaus mit Diphtherie angesteckt und jetzt ... geht's mir schlecht. Laß so schnell wie möglich Korostelew holen.«

Olga Iwanowna nannte ihren Mann wie alle bekannten Männer gewöhnlich nicht beim Vornamen, sondern beim Familiennamen, sein Rufname Ossip gefiel ihr nicht, weil er an Gogols Ossip erinnerte. Aber jetzt schrie sie auf: »Ossip, das kann nicht sein!«

»Laß ihn holen! Mir ist schlecht ...!« sagte Dymow hinter der Tür, und man konnte hören, wie er zum Diwan ging und sich niederlegte. »Laß ihn holen!« hörte man seine dumpfe Stimme.

»Was ist denn das?« dachte Olga Iwanowna, die vor Schrecken kalt wurde. »Das ist doch gefährlich!«

Ohne daß es nötig war, nahm sie eine Kerze und ging in ihr Schlafzimmer, und während sie überlegte, was sie tun solle, sah sie sich zufällig im Spiegel. Mit ihrem bleichen, erschrockenen Gesicht, in einem Jackett mit Puffärmeln, mit gelben Volants auf der Brust und den aparten Streifen am Rock, kam sie sich lächerlich und häßlich vor. Plötzlich empfand sie ein schmerzliches Mitleid mit Dymow, mit seiner grenzenlosen Liebe zu ihr, seinem jungen Leben und sogar mit seinem verwaisten Bett, in dem er schon lange nicht geschlafen hatte. Sein ständiges sanftes und demütiges Lächeln fiel ihr ein. Sie begann bitterlich zu weinen und schrieb Korostelew einen flehentlichen Brief. Es war zwei Uhr nachts.

8

Als Olga Iwanowna um acht Uhr morgens mit von Schlaflosigkeit schwerem Kopf, unfrisiert, unschön und mit schuldbeladenem Gesichtsausdruck das Schlafzimmer verließ, ging ein Herr mit schwarzem Bart, augenscheinlich ein Arzt, an ihr vorüber ins Vorzimmer. Er roch nach Arzneien. An der Tür des Kabinetts stand Korostelew und drehte mit der rechten Hand den linken Schnurrbart.

»Entschuldigen Sie, wenn ich Sie nicht zu ihm hineinlasse«, sagte er finster zu Olga Iwanowna. »Sie könnten sich anstecken. Ja, und es hat eigentlich auch keinen Zweck. Er phantasiert ohnehin.«

»Hat er wirklich Diphtherie?« fragte Olga Iwanowna flüsternd.

»Wer sich so in Gefahr begibt, müßte vor Gericht gestellt werden«, murmelte Korostelew, ohne auf ihre Frage zu antworten. »Wissen Sie, wobei er sich angesteckt hat? Am Dienstag saugte er einem Knaben durch ein Röhrchen den Belag der Schleimhäute aus. Und wozu? Aus Dummheit ... rein aus Dummheit ...«

»Ist es gefährlich? Sehr gefährlich?« fragte Olga Iwanowna.

»Ja, sozusagen ein schwerer Fall. Man müßte eigentlich Schreck kommen lassen.«

Es kam ein kleiner, rotblonder Mann mit einer langen Nase und jüdischem Akzent, dann ein hochgewachsener, beleibter, zottiger Mann, der wie ein Protodiakon aussah; dann ein junger, sehr dicker mit rotem Gesicht und Brille. Diese Ärzte kamen, um ihre Kollegen abzulösen. Korostelew, der seinen Wachdienst hinter sich hatte, ging nicht nach Hause, sondern blieb da und lief wie ein Schatten durch die Zimmer. Das Mädchen reichte den diensttuenden Ärzten Tee und lief häufig in die Apotheke; niemand war da, die Zimmer aufzuräumen. Es war still und trostlos.

Olga Iwanowna saß in ihrem Schlafzimmer und dachte darüber nach, wie Gott sie dafür strafte, daß sie ihren Mann betrogen hat. Dieses schweigsame, nie murrende, unbegreifliche, in seiner Sanftmut sich selbst aufgebende, unter seiner unsagbaren Güte entkräftete Wesen litt dort irgendwie dumpf und klaglos auf seinem Diwan. Und wenn es sich, sei es auch nur in den Fieberphantasien, beklagt hat, dann haben die behandelnden Ärzte gemerkt, daß nicht nur die Diphtherie schuld ist. Dann würden sie Korostelew fragen, der aber weiß ja alles und blickt nicht umsonst die Frau seines Freundes an, als ob sie die eigentliche, wirkliche Übeltäterin, die Diphtherie aber nur ihre Helfershelferin sei. Sie dachte nicht mehr an den Mondscheinabend auf der Wolga, nicht mehr an die Liebeserklärungen und das poetische Leben im Bauernhaus, sondern nur noch daran, daß sie sich aus bloßer Laune, aus Mutwillen über und über an Händen und Füßen mit etwas Schmutzigem, Klebrigem besudelt hatte, das sie nie mehr würde abwaschen können.

»Ach, wie schrecklich habe ich gelogen und betrogen!« sagte sie und dachte an die unruhige Liebe, die sie mit Rjabowski verbunden hatte. »Verflucht sei das alles!«

Um vier Uhr setzte sie sich gemeinsam mit Korostelew zum Mittagessen. Er aß nichts, trank nur Rotwein und sah finster vor sich hin. Auch sie konnte nicht essen. Bald betete sie in Gedanken und gelobte Gott, daß sie Dymow, wenn er gesund würde, wieder lieben und ihm eine treue Frau sein wolle. Bald vergaß sie sich für einen Augenblick, sah Korostelew an und dachte: »Ist es nicht langweilig, ein einfacher, unbedeutender, unberühmter Mann zu sein und dazu noch ein so zerknittertes Gesicht und so schlechte Manieren zu haben?« Bald meinte sie, Gott werde sie im Augenblick töten, weil sie aus Furcht, sich anzustecken, auch nicht einmal bei ihrem Mann im Kabinett gewesen ist. Ein stumpfes und trostloses Gefühl beherrschte sie ganz und gar und die Überzeugung, daß das Leben nun bereits verdorben sei und durch nichts mehr in Ordnung gebracht werden könne ... Nach dem Essen brach die Dunkelheit ein. Als Olga Iwanowna ins Besuchszimmer ging, schlief Korostelew auf dem Sofa, er hatte ein seidenes, goldbesticktes Kissen unter seinen Kopf gelegt. »Kchi-pua ...«, schnarchte er, »-kchi-pua ...« Und die Ärzte, die abwechselnd kamen und gingen, bemerkten diese Unordnung nicht, nicht, daß ein fremder Mann im Besuchszimmer schlief und schnarchte, nicht die Studien an den Wänden, nicht die wunderliche Zimmereinrichtung, noch daß die Hausfrau unfrisiert, unordentlich angezogen war; alles dies erregte jetzt nicht das geringste Interesse. Einer der Ärzte lachte unvermittelt aus irgendeinem Grunde auf, und dieses Lachen klang seltsam und schüchtern, es wurde einem geradezu unheimlich zumute ...

Als Olga Iwanowna zum zweiten Male ins Gästezimmer kam, schlief Korostelew nicht mehr, sondern saß da und rauchte.

»Er hat Diphtherie in der Nasenhöhle«, sagte er halblaut. »Das Herz arbeitet schon nicht mehr ordentlich. Es steht schlecht.«

»So schicken Sie doch nach Schreck«, sagte Olga Iwanowna.

»War schon da. Er stellte fest, daß die Diphtherie auf die Nase übergegriffen hat. Nun, was vermag da Schreck! Im Grunde ist Schreck auch nichts weiter. Er ist Schreck und ich bin Korostelew – das ist alles.«

Die Zeit verging entsetzlich langsam. Olga Iwanowna lag angezogen auf dem ungemachten Bett und schlummerte. Es kam ihr vor, als ob das ganze Zimmer vom Fußboden bis zur Decke hinauf mit einem riesigen Eisenstück ausgefüllt sei, daß man nur dieses Eisen hinauszutragen brauche, und allen werde leicht und fröhlich zumute werden. Als sie aufwachte, fiel ihr ein, daß es kein Eisen, sondern Dymows Krankheit ist.

»Nature morte, Porte ...«, dachte sie wiederum einschlummernd. »Sport ... Kurort ... Und wie geht's mit

Schreck? Grec ... Dreck ... Und wo sind jetzt meine Freunde? Wissen sie, welches Leid bei uns herrscht? Herr, rette ... erlöse uns ... Schreck ... grec ...«

Und wieder träumte sie von dem Eisen ... Die Zeit zog sich endlos hin, und die Uhr in der unteren Etage schlug häufig ... Das Mädchen kam mit einem leeren Glas auf dem Tablett herein und fragte: »Gnädige Frau, befehlen Sie das Bett zu machen?«

Es ging wieder hinaus, als es keine Antwort bekam. Unten schlug die Uhr; sie träumte von dem Regen an der Wolga, und wiederum kam jemand ins Schlafzimmer, ein Fremder, schien es. Olga Iwanowna sprang auf und erkannte Korostelew ...

»Wie spät ist es?« fragte sie.

»Gegen drei.«

»Und was gibt's?«

»Ja was! Ich kam, um zu sagen: es geht zu Ende ...«

Er schluchzte auf, setzte sich neben sie aufs Bett und wischte sich mit dem Ärmel die Tränen ab. Anfangs begriff sie es nicht, doch dann wurde ihr eiskalt, und sie begann sich langsam zu bekreuzen.

»Es geht zu Ende ...«, wiederholte er mit dünner Stimme und schluchzte noch einmal. »Er stirbt, weil er sich opferte. Welcher Verlust für die Wissenschaft!« sagte er bitter. »Wenn man uns alle mit ihm vergleicht, war er ein großer, ungewöhnlicher Mann! Was für eine Begabung! Welche Hoffnungen gab er uns allen!« fuhr Korostelew fort und rang die Hände. »Herr mein Gott, das wäre ein Gelehrter geworden, wie man ihn jetzt nicht mehr auftreiben kann. Osjka Dymow, Osjka Dymow, was hast du getan! Ach, ach, mein Gott!«

Korostelew bedeckte in seiner Verzweiflung das Gesicht mit beiden Händen und schüttelte den Kopf.

»Und welche moralische Kraft!« fuhr er fort, sich immer mehr und mehr über jemanden erzürnend. »Eine gute, reine, liebende Seele – kein Mensch, sondern klar wie Glas! Er diente der Wissenschaft und starb für sie. Und er hat wie ein Stier gearbeitet, Tag und Nacht, und niemand schonte ihn, und er, der junge Gelehrte, der zukünftige Professor, mußte sich eine Praxis suchen und sich nachts mit Übersetzungen plagen, nur um diese elenden Lappen da zu bezahlen!«

Korostelew blickte Olga Iwanowna voller Haß an, ergriff mit beiden Händen ein Bettlaken und zerrte an ihm, als ob es schuld wäre.

»Er selbst schonte sich nicht, und man schonte ihn nicht. Ach ja, so ist es!«

»Ja, ein seltener Mensch!« sagte mit tiefem Baß jemand im Besuchszimmer.

Olga Iwanowna überdachte das ganze Leben, das sie mit ihm geführt hatte, von Anfang bis zu Ende, mit allen Einzelheiten, und plötzlich begriff sie, daß er in der Tat ein ungewöhnlicher, hervorragender Mann war. Und als sie daran dachte, wie sich ihr verstorbener Vater und alle ärztlichen Kollegen zu ihm verhalten hatten, da begriff sie, daß sie alle eine kommende Berühmtheit in ihm gesehen hatten. Die Wände, die Decke, die Lampe, der Teppich auf dem Fußboden blinzelten ihr spöttisch zu, als wollten sie sagen: »Du hast es versäumt! Du hast es versäumt!« Weinend stürzte sie aus dem Schlafzimmer hinaus, lief im Besuchszimmer an einem Unbekannten vorüber und eilte ins Kabinett zu ihrem Mann. Er lag unbeweglich auf dem Diwan bis zur Hälfte mit einer Decke zugedeckt. Sein Gesicht war schrecklich eingefallen, abgemagert und hatte eine graugelbe Farbe, wie sie kein Lebender hat; und nur an der Stirn, an den schwarzen Augenbrauen und dem bekannten Lächeln konnte man erkennen, daß das Dymow war. Olga Iwanowna befühlte hastig seine Brust, seine Stirn, die Hände. Seine Brust war noch warm, doch Stirn und Hände waren unangenehm kalt. Und die halbgeöffneten Augen schauten nicht Olga Iwanowna, sondern die Decke an.

»Dymow!« rief sie laut. »Dymow!«

Sie wollte ihm auseinandersetzen, daß alles ein Irrtum gewesen, daß noch nicht alles verloren sei, daß das Leben noch schön und glücklich werden könne, daß er ein seltener, ungewöhnlicher, bedeutender Mensch sei und daß sie ihr ganzes Leben lang ihn verehren und anbeten und einen heiligen Respekt vor ihm haben wolle ...

»Dymow!« rief sie, rüttelte ihn an der Schulter und wollte nicht glauben, daß er nie mehr erwachen würde. »Dymow! Ach, Dymow!«

Doch im Besuchszimmer sagte Korostelew zu dem Mädchen: »Was ist da zu fragen? Gehen Sie und fragen Sie, wo die Armenhäuslerinnen wohnen. Sie sollen die Leiche waschen, herrichten und alles tun, was nötig ist.«

Eine langweilige Geschichte

Aus den Aufzeichnungen eines alten Mannes

I

In Rußland lebt der hochverdiente Professor Nikolaj Stepanytsch X., Geheimrat und Ritter so vieler russischer und ausländischer Orden, daß die Studenten ihn »Ikonostas« nennen, wenn er sie einmal alle anlegen muß. Er verkehrt mit allen vornehmen Leuten; mindestens gibt und gab es in Rußland während der letzten fünfundzwanzig, dreißig Jahre keinen bedeutenden Gelehrten, mit dem er nicht gut bekannt gewesen wäre. Jetzt gibt es zwar niemanden mehr, mit dem er in freundschaftlichen Beziehungen steht, doch früher endete die lange Liste seiner berühmten Freunde mit Namen wie Pirogow, Kawelin und dem Dichter Nekrassow, die ihm in aufrichtigster, wärmster Freundschaft zugetan waren. Er ist Mitglied aller russischen und dreier ausländischer Universitäten. Und so weiter und so weiter. Dies alles und manches andere dazu, was sich noch anführen ließe, versteht die Welt unter einem sogenannten »Namen«.

Dieser Name ist populär. In Rußland kennt ihn jeder Gebildete, und im Ausland wird er bei Vorlesungen unter Hinzufügung der Beiworte »bekannt« und »verehrt« zitiert. Er gehört unter die wenigen glücklichen Personen, die zu schmähen oder zu kritisieren beim Publikum und in der Presse als ein Zeichen schlechten Tones gilt. So muß es auch sein. Denn zu »namhaft« gehört die Vorstellung von einem berühmten, reich begabten und zweifellos nützlichen Manne. Ich bin also arbeitsam und ausdauernd wie ein Kamel, und das ist wichtig, dazu bin ich begabt, und das ist noch wichtiger. Außerdem bin ich, nebenbei bemerkt, ein wohlerzogener, bescheidener und ehrlicher Kerl. Niemals habe ich meine Nase in Literatur und Politik gesteckt, niemals durch Polemik gegen Dummköpfe Popularität zu erlangen gesucht, niemals auf Banketten oder bei Begräbnissen meiner Kollegen Reden gehalten ... Überhaupt ist auf meinem gelehrten Namen kein Fleck, und ich kann mich nicht beklagen; er ist glänzend.

Der Träger dieses Namens also, das heißt ich, ich bin ein Mann von zweiundsechzig Jahren, mit Glatze, falschem Gebiß und einem unheilbaren Tick. So glänzend und schön mein Name ist, so düster und häßlich bin ich selbst. Mein Kopf und meine Hände zittern vor Schwäche, mein Hals gleicht wie bei der Turgenjewschen Heldin dem Halse eines Kontrabasses, ich habe eine eingefallene Brust und einen schmalen Rücken. Wenn ich spreche oder lese, verzieht sich mein Mund seitwärts; wenn ich lächle, bedeckt sich das ganze Gesicht mit greisenhaften Falten. An meiner kläglichen Gestalt ist nichts Einprägsames zu finden; höchstens, wenn ich an meinem Tick leide, tritt in mein Gesicht ein besonderer Ausdruck, der bei jedem, der mich erblickt, wahrscheinlich die unverhüllt deutliche Vorstellung hervorruft:

»Dieser Mensch wird sicher bald sterben.«

Wie früher sind meine Vorlesungen nicht schlecht; wie früher kann ich zwei Stunden lang die Aufmerksamkeit meiner Hörer fesseln. Meine Leidenschaftlichkeit, die literarische Form meiner Darstellung und mein Humor lassen die Mängel meiner Stimme fast vergessen – meine Stimme ist trocken, schneidend und singend wie die eines Heuchlers. Aber ich schreibe schlecht. Das Stückchen meines Hirns, in dem die schriftstellerische Begabung sitzt, verweigert mir den Dienst. Mein Gedächtnis ist schwach geworden, in meinen Gedanken ist nicht mehr genügend Folgerichtigkeit, und wenn ich sie zu Papier bringe, scheint es mir jedesmal, als ob ich das Gefühl für ihren organischen Zusammenhang verliere; die Konstruktion ist eintönig, der Satzbau dürftig und unsicher. Häufig schreibe ich gar nicht, was ich will; wenn ich den Schluß schreibe, erinnere ich mich nicht mehr an den Anfang. Häufig vergesse ich ganz gewöhnliche Worte, und immer muß ich viel Energie darauf verwenden, um in meinen Briefen überflüssige Sätze, unnötige Einleitungsphrasen zu vermeiden – beides zeugt vom Nachlassen meiner geistigen Kräfte. Und es ist merkwürdig, je einfacher ein Brief ist, desto qualvoller meine Anstrengung. Beim Schreiben eines wissenschaftlichen Artikels fühle ich mich viel freier und klüger als beim Schreiben eines Gratulationsbriefes oder eines Berichtes. Noch eines: deutsch oder englisch zu schreiben fällt mir leichter als russisch.

Was meine jetzige Lebensweise betrifft, so muß ich vor allem die Schlaflosigkeit erwähnen, an der ich in letzter Zeit leide. Würde man mich fragen, was gegenwärtig den eigentlich grundlegenden Zug meiner Existenz ausmache, so müßte ich antworten: die Schlaflosigkeit. Wie früher ziehe ich mich gewohnheitsmäßig Punkt zwölf nachts aus und lege mich zu Bett. Ich schlafe rasch ein, wache aber in der zweiten Stunde auf, und zwar mit einem Gefühl, als hätte ich überhaupt nicht geschlafen. Ich muß aufstehen und die Lampe anzünden. Ein oder zwei Stunden gehe ich im Zimmer auf und ab und betrachte meine altbekannten

Bilder und Photographien. Wenn ich des Herumgehens überdrüssig geworden bin, setze ich mich an meinen Schreibtisch. Ich sitze unbeweglich, denke an nichts und fühle keine Wünsche; liegt ein Buch vor mir, so schlage ich es mechanisch auf und lese ohne jedes Interesse. So las ich unlängst in einer einzigen Nacht mechanisch einen ganzen Roman mit dem seltsamen Titel »Was die Schwalbe sang«. Oder ich zwinge mich, um meine Aufmerksamkeit zu beschäftigen, bis tausend zu zählen, oder ich stelle mir das Gesicht eines meiner Kollegen vor und fange an mich zu erinnern: in welchem Jahr oder unter welchen Umständen er seinen Dienst angetreten hat. Ich liebe es, auf Geräusche zu lauschen. Bald spricht zwei Zimmer weiter meine Tochter Lisa rasch etwas im Traum, bald geht meine Frau mit einer Kerze durch den Saal und läßt unbedingt eine Zündholzschachtel fallen, bald knackt ein ausgetrockneter Schrank, oder der Lampenbrenner beginnt unerwartet zu singen – und alle diese Töne erregen mich auf seltsame Weise.

Nachts nicht schlafen bedeutet, sich in jedem Augenblick unnormal fühlen, und deswegen erwarte ich ungeduldig den Morgen und den Tag, wo ich das Recht habe, nicht zu schlafen. Viel quälende Zeit vergeht, ehe der Hahn auf dem Hofe zu krähen beginnt. Er ist das erste Wesen, das mir frohe Botschaft bringt. Sobald er gekräht hat, weiß ich, daß nach einer Stunde unten der Pförtner aufstehen und ärgerlich hustend die Treppe heraufsteigen wird, um irgend etwas zu holen. Dann beginnt nach und nach die Luft vor den Fenstern hell zu werden, auf der Straße ertönen Stimmen ...

Mein Tag beginnt damit, daß meine Frau hereinkommt.

Sie kommt im Unterrock, ungekämmt, aber schon gewaschen, nach Eau de Cologne duftend, und macht eine Miene, als ob sie ohne besondere Absicht hereinträte, und sagt jedesmal ein und dasselbe: »Entschuldige, ich komme nur auf eine Minute ... Du hast wieder nicht geschlafen?«

Dann löscht sie die Lampe aus, setzt sich an den Tisch und beginnt zu sprechen. Ich bin kein Prophet, weiß aber schon im voraus, wovon die Rede sein wird. Jeden Morgen ist es dasselbe. Gewöhnlich erwähnt sie, nachdem sie sich besorgt nach meiner Gesundheit erkundigt hat, meinen Sohn, der in Warschau Offizier ist. Am zwanzigsten jeden Monats senden wir ihm fünfzig Rubel – und das gibt vor allem das Thema unseres Gespräches ab.

»Natürlich fällt es uns schwer«, seufzt meine Frau, »aber solange er nicht endgültig auf eigenen Füßen steht, müssen wir ihm helfen. Der Junge ist in einem fremden Lande, sein Gehalt kümmerlich ... Übrigens, wenn du willst, schikken wir ihm nächsten Monat nicht fünfzig, sondern nur vierzig. Wie denkst du darüber?«

Die tägliche Erfahrung hätte meine Frau überzeugen können, daß die Ausgaben nicht geringer werden, wenn wir oft darüber sprechen, aber meine Frau erkennt die Erfahrung nicht an und erzählt gewissenhaft jeden Morgen von unserm Offizier und davon, daß das Brot Gott sei Dank billiger, der Zucker freilich um zwei Kopeken teurer geworden sei – und das alles in einem Ton, als ob sie mir etwas Neues mitteile.

Ich höre zu, sage mechanisch ja, und sonderbare, überflüssige Gedanken bewegen mich, wahrscheinlich weil ich nachts nicht geschlafen habe. Ich blicke meine Frau an und wundere mich wie ein Kind. Voller Zweifel frage ich mich: War wirklich diese alte, üppige, plumpe Frau mit dem stumpfen Ausdruck kleinlicher Sorge und der Angst um ein Stück Brot, mit dem durch beständiges Denken an Schulden und Not umnebelten Blick, diese Frau, die nur von Ausgaben redet und nur noch zu lächeln versteht, wenn etwas billiger geworden ist – war sie wirklich einstmals die schlanke Warja, die ich um ihres klaren Verstandes, ihrer reinen Seele, ihrer Schönheit willen leidenschaftlich liebte? Ist das wirklich meine Warja, die mir einst meinen Sohn gebar?

Ich blicke dieser wohlbeleibten, schwerfälligen Frau angespannt ins Gesicht, suche meine Warja in ihr, aber von der Vergangenheit ist nur die Angst um meine Gesundheit übriggeblieben und die Angewohnheit, mein Gehalt »unser Gehalt«, meine Mütze »unsere Mütze« zu nennen. Mich schmerzt es, sie anzusehen, und um sie ein wenig zu trösten, erlaube ich mir etwas X-Beliebiges zu sagen und schweige sogar, wenn sie die Menschen ungerecht beurteilt oder mich schilt, weil ich meine ärztliche Praxis aufgegeben habe und keine Lehrbücher verfasse.

Unser Gespräch endet immer auf die gleiche Weise. Meine Frau denkt plötzlich daran, daß ich noch keinen Tee getrunken habe, und erschrickt.

»Was sitze ich nur?« sagt sie und erhebt sich. »Der Samowar steht längst auf dem Tisch, und ich schwatze hier. Wie gedankenlos bin ich geworden, mein Gott!«

Sie geht eilends und bleibt an der Tür stehen, um zu sagen: »Wir sind Jegor fünf Monate Lohn schuldig. Weißt du das? Wie oft habe ich gesagt, man soll den Bedienten den Lohn nicht schuldig bleiben! Jeden Monat zehn Rubel zu geben ist viel leichter als auf einmal für fünf Monate fünfzig!«

Während sie zur Tür hinausgeht, bleibt sie noch einmal stehen und sagt: »Niemand tut mir so leid wie unsere arme Lisa. Sie studiert im Konservatorium, bewegt sich beständig in guter Gesellschaft und hat nichts anzuziehen. Mit ihrem Pelz muß sie sich schämen, auf die Straße zu gehen. Wäre sie irgend jemand, so hätte das nichts auf sich, aber alle wissen doch, daß ihr Vater ein berühmter Professor, ein Geheimrat ist.«

Nachdem sie mir so meinen Namen und Rang vorgeworfen hat, geht sie endlich fort. Auf solche Art beginnt mein Tag.

Der weitere Verlauf ist nicht besser.

Wenn ich Tee trinke, kommt meine Lisa, im Pelz und Mützchen und mit ihren Noten zu mir, fix und fertig, um ins Konservatorium zu gehen. Sie ist zweiundzwanzig Jahre alt, sieht aber jünger aus, ein hübsches Mädel und meiner Frau in jungen Jahren ähnlich. Sie küßt mich zärtlich auf Stirn und Hand und sagt: »Guten Morgen, Papachen. Bist du gesund?«

Als sie klein war, liebte sie Gefrorenes sehr, und ich mußte oft mir ihr in die Konditorei gehen. Gefrorenes war für sie der Maßstab alles Schönen. Wenn sie mich loben wollte, so sagte sie: »Papa, du bist aus Sahneeis.« Ein Finger hieß bei ihr Pistazieneisfinger, ein anderer Sahneeisfinger, ein dritter Himbeereisfinger und so weiter. Wenn sie mich morgens begrüßen kam, setzte ich sie oft auf meine Knie und sagte, ihre Fingerchen küssend »Sahneeis ... Pistazieneis ... Zitroneneis ...«, aber es kommt nicht richtig heraus. Ich bin selbst kalt wie Gefrorenes und schäme mich. Wenn meine Tochter zu mir hereinkommt und meine Stirn mit ihren Lippen berührt, so fahre ich zusammen, als stäche mich eine Biene, lächle gezwungen und wende mein Gesicht ab. Seit ich an Schlaflosigkeit leide, sitzt diese Frage wie ein Nagel in meinem Hirn: Meine Tochter sieht manchmal, wie ich, ein alter, berühmter Mann, qualvoll erröte, weil ich dem Bedienten den Lohn schuldig bin; sie sieht, wie häufig die Sorge um die kleinen Schulden mich zwingt, von der Arbeit aufzustehen, stundenlang von einer Zimmerecke in die andere zu wandern und darüber nachzudenken; aber warum ist sie auch nicht einmal, hinter dem Rücken ihrer Mutter, gekommen und hat mir zugeflüstert: »Vater, da hast du meine Uhr, meine Armbänder, Ohrringe, Kleider ... Versetze alles, wenn du Geld brauchst!« Sie sieht doch, wie ich und ihre Mutter aus falscher Scham bemüht sind, unsere Armut vor den Leuten zu verbergen – warum verzichtet sie da nicht auf das kostspielige Vergnügen, Musik zu studieren? Weder die Uhr noch die Armbänder, noch andere Opfer würde ich annehmen, Gott bewahre – das brauche ich nicht.

Bei der Gelegenheit denke ich auch an meinen Sohn, den Warschauer Offizier. Er ist ein kluger, redlicher, nüchterner Junge. Doch das ist mir zu wenig. Ich denke, wenn ich einen alten Vater hätte und wüßte, daß es Augenblicke gibt, da er sich seiner Armut schämt, so würde ich meinen Offiziersrang jemand anderem abtreten und mich als Arbeiter verdingen. Solche Gedanken über die Kinder vergiften mich. Woher kommen sie nur? Ein böses Gefühl gegen alltägliche Menschen hegen, bloß weil sie keine Helden sind, kann nur ein engstirniger, verbitterter Mensch. Aber genug davon.

Um dreiviertel zehn muß ich zu meinen lieben Jungens gehen, um eine Vorlesung zu halten. Ich ziehe mich an und gehe den Weg, den ich seit dreißig Jahren kenne und der für mich seine eigene Geschichte hat. Da ist das große graue Haus mit der Apotheke; einst stand dort ein kleines Häuschen; in ihm war eine Bierstube und in ihr habe ich über meine Dissertation nachgedacht und den ersten Liebesbrief an Warja geschrieben. Ich schrieb ihn mit Bleistift auf ein Blatt, das den Aufdruck »Historia morbi« trug. Da ist das Lebensmittelgeschäftchen; früher handelte hier ein Jude, der mir Zigaretten auf Borg verkaufte, dann ein dikkes Weib, das die Studenten deswegen liebte, weil »jeder von ihnen eine Mutter hat«; jetzt sitzt ein rotblonder Kaufmann, ein sehr gleichgültiger Mensch, drin, der aus einer Messingkanne Tee trinkt. Und da ist das düstere, seit langem nicht instand gesetzte Universitätstor; der gelangweilte Hausmann im Schafspelz steht davor, einen Besen in der Hand, zwischen Schneehaufen ... Auf einen frischen Jungen, der aus der Provinz herkommt und glaubt, der Tempel der Wissenschaft müsse in der Tat ein Tempel sein, kann ein solches Tor keinen günstigen Eindruck machen. Überhaupt nimmt das Alter der Universitätsbauten, die Düsternis der Korridore, der Lampenruß an den Wänden, der Lichtmangel, der trübe Anblick der Treppenstufen, Kleiderhaken und Bänke in der Geschichte des russischen Pessimismus in der Reihe der prädisponierenden Gründe einen der ersten Plätze ein ... Da ist auch unser Garten. Seit meiner Studentenzeit ist er anscheinend weder besser noch schlechter geworden. Ich liebe ihn nicht. Es wäre weit klüger, wenn anstelle der schwindsüchtigen Linden, der gelben Akazien und des spärlichen, beschnittenen Fliederbaumes dort hohe Kiefern und gute Eichen ständen. Der Student, dessen Stimmung vorwiegend von der Umgebung bestimmt wird, sollte nur Hohes, Starkes und Schönes vor sich sehen ...

Gott bewahre ihn vor dürren Bäumen, zerschlagen
stern, grauen Wänden und mit Wachstuch beschl
Türen.

Wenn ich die Treppe erreiche, öffnet sich die Tür, und mein alter Kamerad, Altersgenosse und Namensvetter, der Pförtner Nikolaj, kommt mir entgegen. Nachdem er mich hineingelassen hat, krächzt er und sagt: »Es ist kalt Ew. Exzellenz!«

Oder wenn mein Pelz naß ist, sagt er: »Es regnet, Ew. Exzellenz!«

Dann läuft er vor mir her und öffnet auf meinem Wege alle Türen. Im Kabinett nimmt er mir vorsichtig den Pelz ab und teilt mir währenddessen irgendeine Neuigkeit von der Universität mit. Dank der guten Beziehungen, die zwischen alle Pförtnern und Dienern der Universität bestehen, ist ihm alles bekannt, was an den vier Fakultäten, in der Kanzlei, im Rektorzimmer, in der Bibliothek vor sich geht. Was weiß er nicht? Wenn zum Beispiel die Demission des Rektors oder des Dekans eine brennende Tagesfrage ist, dann höre ich, wie er in der Unterhaltung mit den jungen Dienern die Kandidaten nennt und dabei erklärt, den einen würde der Minister nicht bestätigen, ein anderer werde selbst ablehnen; dann läßt er sich auf phantastische Einzelheiten aus geheimnisvollen in der Kanzlei eingegangenen Akten aus einem vertraulichen Gespräch ein, das angeblich zwischen dem Minister und dem Kurator stattfand, und so weiter. Wenn man solche Einzelheiten wegläßt, erweist er sich im allgemeinen als stets gut informiert. Seine Charakterisierung der einzelnen Kandidaten ist eigenartig, aber ebenfalls zuverlässig. Wenn man erfahren will, in welchem Jahr jemand die Dissertation verteidigte, den Dienst antrat, in Pension ging oder starb, so braucht man nur das riesige Gedächtnis dieses alten Soldaten zu Hilfe zu rufen, und er wird nicht nur das genaue Datum nennen, sondern auch Einzelheiten berichten, die das eine oder andere Ereignis begleiteten. So vermag sich nur jemand zu erinnern, der liebt.

Er ist der Hüter der Universitätstradition. Von seinen Vorgängern erbte er zahlreiche Legenden aus dem Universitätsleben, fügte diesem Reichtum viel eigenes Gut hinzu, das er während seines Dienstes erwarb, und wenn ihr wollt, wird er euch eine ganze Menge langer oder kurzer Geschichten erzählen. Er kann von ungewöhnlich gelehrten Männern erzählen, die *alles* wußten, von bedeutenden Arbeitssklaven, die wochenlang ohne Schlaf blieben, von zahlreichen Märtyrern und Opfern der Wissenschaft; das Gute triumphiert bei ihm über das Böse, der Schwache besiegt immer den Starken, der Weise den Dummen, der Bescheidene den Stolzen, der Junge den Alten ... Ihr braucht alle diese Legenden und unerhörten Begebenheiten nicht für bare Münze zu nehmen, seiht sie durch, und im Filter bleibt zurück, was ihr braucht: unsere gute Tradition und die Namen wahrhaftiger, allgemein anerkannter Helden.

In unsrer Gesellschaft beschränken sich alle Kenntnisse über die Gelehrtenwelt auf Anekdoten über die ungewöhnliche Zerstreutheit alter Professoren und auf zwei, drei Witze, die bald Gruber, bald mir, bald Babuchin zugeschrieben werden. Für eine gebildete Gesellschaft ist das zu wenig. Würde sie die Wissenschaft, die Gelehrten und Studenten lieben, wie Nikolaj es tut, so würde ihre Literatur längst voll von ganzen Epen, Sagen und Heiligenleben sein, die sie bedauerlicherweise jetzt nicht hat.

Nachdem mir Nikolaj die letzte Neuigkeit mitgeteilt hat, gibt er seinem Gesicht einen strengen Ausdruck, und wir beginnen ein sachliches Gespräch. Wenn zu dieser Zeit ein Fremder hören würde, wie ungezwungen Nikolaj die Terminologie handhabt, könnte er am Ende denken, er habe einen als Diener verkleideten Gelehrten vor sich. Bei der Gelegenheit bemerke ich, daß die Gerüchte über die Gelehrsamkeit der Universitätsdiener stark übertrieben sind. Freilich, Nikolaj weiß mehr als hundert lateinische Namen, versteht ein Skelett zusammenzulegen, stellt bisweilen ein Präparat her, bringt die Studenten durch ein langes gelehrtes Zitat zum Lachen, aber die keineswegs schwierige Blutzirkulationstheorie zum Beispiel ist ihm heute genauso dunkel wie vor zwanzig Jahren.

Am Tisch des Kabinetts sitzt, tief über ein Buch oder ein Präparat gebeugt, mein Prospektor Pjotr Ignatjewitsch, ein arbeitsfreudiger, bescheidener, aber talentloser Mensch von etwa fünfunddreißig Jahren, schon kahlköpfig, mit einem Embonpoint. Er arbeitet von morgens bis in die Nacht, liest eine Masse, erinnert sich vorzüglich an alles Durchgelesene – und in dieser Beziehung hat er nicht Menschen-, sondern Goldeswert; in allem übrigen jedoch ist er ein Lastgaul oder, anders ausgedrückt, ein gelehrter Dummkopf. Die charakteristischen Züge, die ein Arbeitspferd vom Talent unterscheiden, sind folgende: sein Horizont ist eng und durch seine Spezialität scharf begrenzt; außerhalb dieses Spezialgebietes ist er naiv wie ein Kind. Ich erinnere mich, wie ich einmal morgens ins Kabinett kam und sagte: »Stellen Sie sich vor, welches Unglück! Man sagt, Skobelew sei gestorben.«

Nikolaj bekreuzigte sich, aber Pjotr Ignatjewitsch drehte

sich zu mir um und fragte: »Was ist das für ein Skobelew?«

Ein andermal – das war etwas früher – teilte ich mit, daß Professor Perow gestorben sei. Pjotr Ignatjewitsch fragte: »Und worüber las er?«

Würde die Patti unmittelbar vor ihm zu singen beginnen, würden chinesische Heerscharen über Rußland herfallen, würde sich ein Erdbeben ereignen, er verzöge keine Miene und blickte seelenruhig, ein Auge zukneifend, ins Mikroskop. Mit einem Worte, was ist ihm Hekuba? Ich gäbe viel dafür, wenn ich sehen könnte, wie dieser Klotz mit seinem Weibe schläft.

Ein anderer Zug: der fanatische Glaube an die Unfehlbarkeit der Wissenschaft und insbesondere an alles, was die Deutschen schreiben. Er glaubt fest an sich selbst, an seine Präparate, kennt das Ziel des Lebens, und die Zweifel und Enttäuschungen, von denen begabte Menschen graue Haare bekommen, sind ihm ganz fremd. Sklavische Verehrung der Autorität, vollständiger Mangel des Triebes zu selbständigem Denken. Ihn eines anderen überführen ist schwer, mit ihm zu streiten, unmöglich. Versuchen Sie einmal, mit jemanden zu streiten, der fest davon überzeugt ist, die Medizin sei die beste aller Wissenschaften, die Ärzte die besten Menschen, die medizinischen Traditionen die besten Traditionen. Von der dunklen Vergangenheit der Medizin bliebe doch nur eine Tradition übrig – die weiße Binde, die jetzt die Ärzte tragen; für einen gelehrten, überhaupt für einen gebildeten Menschen können nur die allgemeinen Traditionen der Universität, ohne Teilung in medizinische, juristische und andere, von Bedeutung sein, aber Pjotr Ignatjewitsch fällt es schwer, dem beizupflichten, und er ist bereit, mit Ihnen bis zum Jüngsten Gericht zu streiten.

Ich sehe seine Zukunft klar vor mir. Er wird im Laufe seines Lebens einige hundert Präparate von ungewöhnlicher Sauberkeit herstellen, vielleicht ein Dutzend gewissenhafte Übersetzungen anfertigen, aber das Pulver wird er nicht erfinden. Um das Pulver zu erfinden, braucht man Phantasie, Erfindungsgabe, Spürsinn, aber Pjotr Ignatjewitsch besitzt nichts dergleichen. Kurz und gut, er ist nicht Herr in der Wissenschaft, sondern Knecht.

Ich, Pjotr Ignatjewitsch und Nikolaj sprechen halblaut. Wir sind ein wenig erregt. Man fühlt etwas Besonderes, wenn hinter der Tür das Auditorium wie ein Meer braust. In dreißig Jahren habe ich mich nicht an dieses Gefühl gewöhnen können, und ich empfinde es jeden Morgen von neuem. Ich knöpfe nervös meinen Überrock zu, richte an Nikolaj überflüssige Fragen, ärgere mich ... Es sieht so aus, als ob ich Angst hätte, aber das ist keine Ängstlichkeit, sondern etwas anderes, was ich weder nennen noch beschreiben kann.

Überflüssigerweise schaue ich auf die Uhr und sage: »Nun? Wir müssen gehen.«

Und wir machen uns in folgender Reihenfolge auf den Weg: voran geht Nikolaj mit Präparaten oder Atlanten, hinter ihm ich, mir folgt der Arbeitsgaul, bescheiden den Kopf senkend; oder wenn es nötig ist, trägt man vorne auf einer Bahre eine Leiche hinein, hinter ihr geht Nikolaj und so weiter. Bei meinem Erscheinen stehen die Studenten auf, setzen sich dann, und das Meeresrauschen hört plötzlich auf. Völlige Stille tritt ein.

Ich weiß, worüber ich lesen werde, weiß aber nicht, wie ich lesen, womit ich anfangen und womit ich enden werde. Ich habe in meinem Kopf keinen Satz fertig. Doch brauche ich nur das Auditorium zu betrachten – es ist bei mir amphitheatralisch angelegt – und die stereotype Phrase »In der vorigen Stunde blieben wir stehen bei ...« auszusprechen, so strömen die Sätze in langer Reihe aus mir heraus, und nun beginnt der Tanz. Ich spreche unaufhaltsam, schnell, leidenschaftlich, und keine Kraft kann anscheinend meinen Redefluß hemmen. Um gut, das heißt nicht langweilig, sondern gewinnbringend für die Hörer zu lesen, muß man außer Begabung auch Geschicklichkeit und Erfahrung besitzen, muß man eine ganz klare Vorstellung von den eigenen Kräften, von den Menschen, für die man liest, und vor allem von dem Gegenstand haben, den man behandelt. Außerdem muß man umsichtig sein, die Zuhörer genau beobachten und keinen Augenblick außer acht lassen.

Ein guter Dirigent, der den Gedanken des Komponisten wiedergibt, tut zwanzig Dinge auf einmal: er liest die Partitur, winkt mit dem Taktstock, gibt auf den Sänger acht, macht Zeichen nach der Seite der Trommel, des Waldhorns und so weiter. Genauso verhalte ich mich auch, wenn ich lese. Vor mir sind hundertfünfzig Gesichter, die einander nicht gleichen, und dreihundert Augen, die mir direkt ins Gesicht sehen. Mein Ziel ist, diese vielköpfige Hydra zu besiegen. Wenn ich in jedem Augenblick, während ich lese, eine klare Vorstellung vom Grade ihrer Aufmerksamkeit, von der Kraft ihres Verständnisses habe, ist sie in meiner Macht. Mein zweiter Gegner sitzt in mir selbst. Das ist eine unendliche Vielgestaltigkeit von Formen, Erscheinungen und Gesetzen sowie eine Menge durch sie bedingter eigener und fremder Gedanken. Jeden Augenblick muß ich die Gewandtheit aufbringen, aus diesem riesigen Material das Wichtigste, Notwendigste herauszugreifen und ebenso schnell, wie meine Rede strömt, meine Gedanken in die Form zu kleiden, die dem Verständnis der Hydra zugänglich ist und ihre Aufmerksamkeit weckt, wobei genau darauf zu achten ist, daß die Gedanken nicht so, wie sie auftauchen, sondern in jener bestimmten Reihenfolge wiedergegeben werden, die zur regelrechten Komposition des Bildes nötig ist, das ich entwerfen will. Ferner bemühe ich mich, meine Rede literarisch, die Definition kurz und exakt, die Satzbildung möglichst schlicht und schön zu gestalten. Jeden Augenblick muß ich mich zügeln und daran denken, daß mir nur eine Stunde und vierzig Minuten zur Verfügung stehen. Mit einem Wort, ich habe nicht wenig Arbeit. Zur selben Zeit muß ich Gelehrter, Pädagoge, Redner in einem sein; die Sache steht schlecht, wenn der Redner den Pädagogen und Gelehrten besiegt oder umgekehrt.

Ich lese eine viertel, eine halbe Stunde, und auf einmal bemerke ich, daß die Studenten anfangen, die Decke oder Pjotr Ignatjewitsch anzusehen, einer greift nach dem Taschentuch, ein anderer setzt sich bequemer hin, ein dritter lächelt in seinen eigenen Gedanken ... Das zeigt mir an, daß die Aufmerksamkeit nachzulassen beginnt. Dagegen muß man etwas unternehmen. Ich benutze die erste Gelegenheit und mache einen Kalauer. Alle hundertfünfzig Gesichter lächeln breit, die Augen glänzen fröhlich, ein Weilchen hört man wieder das Meeresrauschen ... Ich lache auch, die Aufmerksamkeit ist wiederhergestellt, und ich kann fortfahren.

Kein Sport, keine Zerstreuungen und Spiele haben mir je solches Vergnügen bereitet, wie eine Vorlesung zu halten. Nur in den Vorlesungen konnte ich mich ganz meiner Leidenschaft hingeben, und ich weiß, daß die Inspiration keine Erfindung der Dichter ist, sondern tatsächlich existiert. Und ich denke, Herkules empfand nach dem pikantesten Abenteuer keine solche wollüstige Ermattung, wie ich sie jedesmal nach einer Vorlesung spürte.

So war es früher. Jetzt empfinde ich bei den Vorlesungen nur noch eine Qual. Es vergeht keine halbe Stunde, und ich merke eine unbezwingbare Schwäche in den Beinen und Schultern; ich setze mich in den Stuhl, aber ich bin nicht gewöhnt, im Sitzen Vorlesungen zu halten; nach einer Minute stehe ich wieder auf, fahre im Stehen fort, dann setze ich mich wieder hin. Mein Mund wird trocken, die Stimme heiser, der Kopf dreht sich mir ... Um meinen Zustand vor den Hörern zu verbergen, trinke ich jeden Augenblick Wasser, huste, schneuze mich oft, als ob mich ein Schnupfen störe, mache unpassende Witze, und schließlich breche ich die Vorlesung früher ab, als sich schickt. Vor allem aber schäme ich mich. Mein Gewissen und mein Verstand sagen mir, das Beste, was ich jetzt tun könnte, wäre, den Jungens meine Abschiedsvorlesung zu halten, ihnen ein letztes Wort zu sagen, sie zu segnen und meinen Platz jemandem zu überlassen, der jünger und kräftiger ist als ich. Doch Gott mag mich richten, ich habe nicht genug Mut, meinem Gewissen zu folgen.

Unglücklicherweise bin ich kein Philosoph oder Theologe. Ich weiß sehr wohl, daß ich nicht länger als ein halbes Jahr leben werde; es könnte scheinen, daß mich jetzt die Frage nach dem Dunkel jenseits des Grabes und nach den Erscheinungen, die meinen Todesschlaf besuchen werden, am meisten beschäftigen müßte. Doch aus irgendeinem Grunde will meine Seele von diesen Fragen nichts wissen, obwohl mein Verstand ihre große Wichtigkeit erkennt. Wie vor zwanzig, dreißig Jahren, so interessiert mich auch jetzt vor dem Tode nur meine Wissenschaft. Und noch wenn ich den letzten Seufzer ausstoße, werde ich glauben, daß die Wissenschaft das Wichtigste, Schönste und Nötigste im menschlichen Leben ist, daß sie immer die höchste Offenbarung der Liebe war und sein wird und daß nur mit ihrer Hilfe der Mensch die Natur und sich selbst wird bewältigen können. Vielleicht ist dieser Glaube naiv und unbegründet. Doch bin ich nicht schuld daran, daß ich dies und nichts anderes glaube; meinen Glauben aber zu überwinden, vermag ich nicht.

Jedoch nicht darum handelt es sich. Ich weise nur auf meine Schwäche hin und bitte zu begreifen, daß es ebenso grausam ist, einen Menschen, den die Schicksale des Knochenmarkes mehr interessieren als das Endziel der Weltenschöpfung, vom Lehrstuhl und den Studenten loszureißen, wie wenn man ihn nähme und in einem Sarge einnagelte, ohne seinen Tod abzuwarten.

Infolge der Schlaflosigkeit und des anstrengenden Kampfes mit meiner zunehmenden Schwäche geht etwas Sonderbares mit mir vor. Mitten in der Vorlesung kommen mir plötzlich Tränen, die Augen beginnen zu jucken, und ich fühle den leidenschaftlichen, hysterischen Wunsch, meine Arme auszustrecken und mich laut zu beklagen. Ich möchte mit lauter Stimme hinausschreien, daß das Schicksal mich, den berühmten Mann, zur Todesstrafe verurteilt hat, daß nach einem halben Jahre hier bereits ein anderer Herr des Auditoriums sein wird. Ich möchte hinausschreien, daß ich vergiftet bin; neue Gedanken, wie ich sie früher nicht kannte, haben die letzten Tage meines Lebens vergiftet und fahren fort, gleich Moskitos mein Hirn zu stechen. Und dann tritt mir meine Lage so fürchterlich vor Augen, daß ich wünschte, alle meine Hörer möchten entsetzt von den Plätzen aufspringen und in panischem Schrecken, verzweifelt schreiend, zum Ausgang stürzen.

Solche Augenblicke zu überstehen ist nicht leicht.

2

Nach der Vorlesung sitze ich zu Hause und arbeite. Ich lese Zeitschriften, Dissertationen oder bereite mich auf die folgende Vorlesung vor, bisweilen schreibe ich etwas. Ich arbeite mit Unterbrechungen, weil ich Besucher empfangen muß.

Man hört die Flurglocke. Da ist ein Kollege gekommen, um über eine bestimmte Sache zu sprechen. Er tritt mit Hut und Stock zu mir ins Zimmer, streckt mir beides entgegen und sagt: »Ich komme auf einen Augenblick, nur einen Augenblick. Bleiben Sie sitzen, Collega! Nur zwei Worte.«

Zunächst bemühen wir uns beide mit ungewöhnlicher Höflichkeit, zu zeigen, daß wir sehr froh sind, einander zu sehen. Ich komplimentiere ihn in einen Sessel, auch er komplimentiert mich hinein; dabei streicheln wir einander vorsichtig über die Taille, berühren die Knöpfe, und es sieht aus, als ob wir einander betasten und uns dabei zu verbrennen fürchten. Wir lachen beide, obwohl wir nichts Lachhaftes sagen. Nachdem wir uns hingesetzt haben, stecken wir unsere Köpfe zusammen und fangen an, halblaut zu sprechen. So herzlich wir einander auch zugeneigt sind, so können wir doch nicht unterlassen, in unsere Rede allerhand chinesische Floskeln einfließen zu lassen wie: »Sie beliebten richtig zu bemerken« oder »Wie ich bereits die Ehre hatte, Ihnen zu sagen«; wir können nicht umhin, laut loszulachen, sobald einer von uns einen Witz macht, mag er auch danebentreffen. Nachdem wir uns über die Angelegenheit ausgesprochen haben, steht der Kollege abrupt auf, schwenkt seinen Hut nach meiner Arbeit hin und beginnt sich zu verabschieden. Wiederum betasten wir einander und lachen. Ich geleite ihn ins Vorzimmer, dort helfe ich dem Kollegen den Pelz anziehen, aber er sperrt sich in jeder Weise gegen diese hohe Ehre. Wenn hernach Jegor die Türe öffnet, versichert mir der Kollege, ich werde mich erkälten, ich aber tue so, als ob ich bereit sei, ihm bis auf die Straße zu folgen. Und wenn ich schließlich in mein Kabinett zurückkehre, lächelt mein Gesicht immer noch, wahrscheinlich aus Beharrungsvermögen.

Nach einem Weilchen läutet es wiederum. Jemand kommt ins Vorzimmer, zieht sich lange aus und hustet. Jegor meldet, daß ein Student gekommen sei. Ich sage: »Bitte.« Nach einem Augenblick kommt ein junger Mann von angenehmem Äußeren zu mir herein. Schon seit einem Jahr befinden wir uns in gespannten Beziehungen: in den Prüfungen gibt er mir völlig ungenügende Antworten, und ich gebe ihm dafür »ungenügend«. Solcher jungen Burschen, die ich, um mich studentisch auszudrücken, »durchrasseln« lasse, sammeln sich bei mir jährlich etwa sieben an. Die, welche aus Unfähigkeit oder Krankheit das Examen nicht bestanden, tragen gewöhnlich geduldig ihr Kreuz und handeln nicht mit mir; nur Sanguiniker, »weite Naturen«, die bei einer Verzögerung der Prüfungen den Appetit verlieren und gehindert werden, pünktlich die Oper zu besuchen, feilschen mit mir und besuchen mich. Den ersten gegenüber bin ich nachsichtig, die andern lasse ich das ganze Jahr hindurch zappeln.

»Setzen Sie sich«, sage ich zu meinem Gast. »Was wollen Sie?«

»Verzeihen Sie, Herr Professor, daß ich Sie belästige ...«, beginnt er stotternd, ohne mir ins Gesicht zu sehen. »Ich hätte nicht gewagt, Sie zu belästigen, wenn nicht ... Ich bin schon fünfmal von Ihnen examiniert worden und ... und bin durchgefallen. Ich bitte Sie, seien Sie so gut, geben Sie mir ›befriedigend‹, weil ...«

Das Argument, das alle Faulpelze zu ihren Gunsten anführen, ist immer: Sie haben in allen Fächern gut bestanden und sind nur bei mir durchgefallen, und das sei um so seltsamer, als sie gerade in meinem Fach immer sehr fleißig waren und es ausgezeichnet beherrschten; nur infolge eines unbegreiflichen Mißverständnisses seien sie durchgefallen.

»Verzeihen Sie, mein Lieber«, sage ich zu meinem Gast, »ich kann Ihnen nicht ›befriedigend‹ geben. Gehen Sie, arbeiten Sie die Vorlesungen noch einmal durch, und kommen Sie wieder. Dann werden wir sehen.«

Pause. Mich wandelt die Lust an, den Studenten ein wenig zu quälen, weil er das Bier und die Oper mehr als die Wissenschaft liebt, und ich sage seufzend: »Das Beste, was Sie meiner Meinung nach tun können, ist, der Medizinischen Fakultät Lebewohl zu sagen. Wenn es Ihnen bei Ihrer Begabung nicht gelingt, das Examen zu bestehen, haben Sie augenscheinlich weder den Wunsch noch den inneren Trieb, Arzt zu werden.«

Das Gesicht des Sanguinikers wird lang.

»Verzeihen Sie, Herr Professor«, sagt er lächelnd, »das wäre von meiner Seite recht seltsam. Fünf Jahre studieren und plötzlich ... es aufgeben!«

»Nun ja. Besser fünf Jahre verlieren als sich das ganze Leben mit einer Sache beschäftigen, die man nicht liebt.«

Aber sogleich tut er mir leid, und ich beeile mich hinzuzufügen: »Übrigens wie Sie meinen. Also, arbeiten Sie noch einiges und kommen Sie dann wieder.«

»Wann?« fragt der Faulpelz dumpf.

»Wann Sie wollen. Meinetwegen morgen.«

Und in seinen guten Augen lese ich: »Ich würde schon kommen, aber du dummes Vieh läßt mich ja wiederum durchrasseln!«

»Natürlich werden Sie«, sage ich, »durch ein fünfzehnmaliges Examinieren nicht gelehrter, aber es bildet Ihren Charakter. Und das hat auch einen Wert.«

Schweigen tritt ein. Ich stehe auf und warte, daß der Gast sich entfernt, aber er steht da, blickt durchs Fenster, zupft an seinem Bärtchen und denkt nach. Es wird langweilig.

Der Sanguiniker hat eine angenehme, kernige Stimme, kluge, spöttische Augen, ein gutmütiges, vom häufigen Biertrinken und von dem langen Liegen auf dem Sofa etwas schwammiges Gesicht; er könnte mir sicherlich viel Interessantes über die Oper erzählen, von seinen Liebesabenteuern, von den Kameraden, die er liebt, aber bedauerlicherweise ist es nicht Sitte, davon zu sprechen. Ich würde das gleichwohl gerne hören.

»Herr Professor! Ich gebe Ihnen mein Ehrenwort, wenn Sie mir die Note ›befriedigend‹ erteilen, werde ich ...«

Sobald die Sache bis zum Ehrenwort gelangt ist, mache ich eine abwehrende Handbewegung und setze mich an den Tisch. Der Student denkt noch eine Minute lang nach und sagt mutlos: »In dem Falle leben Sie wohl ... Entschuldigen Sie.«

»Leben Sie wohl, mein Lieber, alles Gute.«

Er geht unentschlossen ins Vorzimmer, zieht sich dort langsam an und denkt, wenn er auf der Straße ist, wahrscheinlich noch länger nach; aber er kommt auf nichts anderes als ein an meine Adresse gerichtetes »Alter Satan«, geht in ein schlechtes Restaurant, um zu speisen und Bier zu trinken; dann geht er nach Hause, um zu schlafen. Friede deiner Asche, du ehrlicher Arbeitssklave!

Es läutet zum dritten Male. Ein junger Arzt kommt herein mit neuen schwarzen Handschuhen, einer Goldbrille und natürlich mit weißer Binde. Ich bitte ihn, Platz zu nehmen, und frage, was ihn herführe. Nicht ohne Aufregung beginnt der junge Priester der Wissenschaft mir zu sagen, daß er in diesem Jahre die Doktorandenprüfung bestanden habe und jetzt nur noch seine Dissertation zu schreiben brauche. Er möchte bei mir, unter meiner Leitung arbeiten, er würde mir äußerst verpflichtet sein, wenn ich ihm ein Thema für die Dissertation gäbe.

»Freue mich sehr, Ihnen nützlich sein zu können, Kollege«, sage ich, »aber zuerst wollen wir uns darüber einigen, was eine Dissertation ist. Unter diesem Wort versteht man herkömmlicherweise ein Werk, das eine selbständige Leistung vorstellt. Nicht wahr? Ein Werk aber, das über ein fremdes Thema und unter fremder Leitung geschrieben wird, heißt anders ...«

Der Doktorand schweigt ... Ich gerate in Zorn und springe auf. »Ich begreife nicht, warum ihr alle zu mir kommt?« rufe ich ärgerlich. »Habe ich einen Laden, wie? Ich handle nicht mit Themen! Zum tausendsten Male bitte ich Sie alle, mich in Ruhe zu lassen! Verzeihen Sie den Mangel an Delikatesse, aber ich kriege das schließlich mal über!«

Der Doktorand schweigt, und nur an seinen Backenknochen tritt eine leichte Färbung zutage. Sein Gesicht drückt tiefe Achtung vor meinem berühmten Namen und meiner Gelehrsamkeit aus, aber seinen Augen sehe ich an, daß er sowohl meine Stimme wie meine klägliche Gestalt und die nervösen Gestikulationen verachtet. In meinem Zorn komme ich ihm wie ein seltsamer Kauz vor.

»Ich habe keinen Laden!« rufe ich ärgerlich. »Und ich staune! Warum wollt ihr nicht selbständig sein? Warum ist euch die Freiheit so zuwider?«

Ich spreche viel, aber er schweigt. Schließlich beruhige ich mich nach und nach und ergebe mich natürlich. Der Doktorand erhält von mir ein Thema, das keinen Groschen wert ist, schreibt unter meiner Aufsicht eine ganz überflüssige Dissertation, hält würdevoll einen langweiligen Disput ab und erlangt den für ihn ganz unnötigen Doktorgrad.

Die Klingelzeichen könnten endlos aufeinander folgen, ich will mich hier auf vier beschränken. Es erfolgt ein viertes Klingelzeichen, und ich höre bekannte Schritte, das Rauschen eines Kleides, eine liebe Stimme ...

Vor achtzehn Jahren starb mein Kollege, der Augenspezialist, und hinterließ ein siebenjähriges Töchterchen Katja und etwa sechzigtausend Rubel. In seinem Testament setzte er mich zum Vormund ein. Bis zu ihrem zehnten Jahr lebte Katja in meiner Familie, dann wurde sie in ein Institut gegeben und verbrachte bei uns nur während der Sommermonate die Ferien. Ich hatte keine Zeit, mich mit Katjas Erziehung abzugeben, beachtete sie höchstens in meiner Mußestunde und kann daher sehr wenig aus ihrer Kindheit berichten.

Das erste, woran ich mich erinnere und was ich noch

in der Erinnerung liebe, ist das ungewöhnliche Zutrauen, mit dem sie in mein Haus kam und sich von den Ärzten behandeln ließ, und das immer aus ihrem Gesichtchen sprach. Sie saß häufig mit verbundener Backe abseits, und stets schaute sie irgendeiner Sache sehr aufmerksam zu; ob sie zusah, wie ich schrieb und Bücher durchblätterte oder wie meine Frau sich abplackte oder wie die Köchin in der Küche arbeitete, beständig drückten ihre Augen eins aus: nämlich: »Alles, was in dieser Welt geschieht, ist wunderschön und vernünftig.« Sie war neugierig und redete sehr gerne mit mir. Sie saß häufig bei Tisch mir gegenüber, folgte meinen Bewegungen und stellte Fragen. Sie wollte wissen, was ich lese, was ich in der Universität tue, ob ich mich nicht vor Leichen fürchte, wo ich mein Gehalt lasse.

»Die Studenten schlagen sich in der Universität?« fragt sie.

»Das tun sie, Liebling.«

»Und Sie lassen sie zur Strafe niederknien?«

»Das stimmt.«

Und es kam ihr komisch vor, daß die Studenten sich schlügen und ich sie niederknien lasse, und sie lachte. Sie war ein sanftes, geduldiges, gutes Kind. Nicht selten mußte ich ansehen, wie man ihr etwas wegnahm, sie ohne Grund strafte oder ihre Neugierde nicht befriedigte; in solchen Augenblicken trat zu dem beständigen Ausdruck des Vertrauens auf ihrem Gesicht noch ein Ausdruck des Kummers – mehr nicht. Ich verstand nicht, für sie einzutreten, und nur, wenn ich ihren Kummer sah, regte sich in mir der Wunsch, sie an mich heranzuziehen und sie im Ton einer alten Kinderfrau zu bedauern: »Waisenkindchen, du mein liebes«.

Ich entsinne mich auch, daß sie sich gerne gut kleidete und parfümierte. In der Beziehung glich sie mir. Ich liebe ebenfalls schöne Kleider und gute Parfüms.

Ich bedauere, daß ich nicht Zeit und Lust hatte, den Anfang und die Entwicklung der Leidenschaft zu verfolgen, die Katja schon mit vierzehn, fünfzehn Jahren ganz beherrschte. Ich spreche von ihrer leidenschaftlichen Liebe zum Theater. Wenn sie aus dem Institut auf Ferien zu uns kam und bei uns wohnte, sprach sie von nichts mit solcher Freude und solcher Glut wie von Theaterstücken und Schauspielern. Mit ihren beständigen Gesprächen über das Theater ermüdete sie uns. Meine Frau und meine Kinder hörten nicht zu. Ich allein hatte nicht den Mut, ihr meine Aufmerksamkeit zu entziehen. Wenn es sie verlangte, ihre Begeisterung mit jemandem zu teilen, kam sie zu mir ins Kabinett und sagte flehenden Tones: »Nikolaj Stepanytsch, erlauben Sie, daß ich mit Ihnen übers Theater spreche!«

Ich wies auf die Uhr und sagte: »Ich gebe dir eine halbe Stunde. Fang an.«

Später begann sie Photographien von Schauspielern und Schauspielerinnen, die sie anbetete, dutzendweise mit sich herumzuschleppen; dann versuchte sie sich einige Male bei Liebhaberaufführungen, und zu guter Letzt, nachdem sie das Institut beendet hatte, teilte sie mir mit, sie sei zur Schauspielerin geboren.

Ich habe Katjas Begeisterung für das Theater niemals geteilt. Nach meiner Meinung braucht man, wenn ein Stück gut ist, nicht die Schauspieler zu bemühen, um eine deutliche Vorstellung zu erlangen, man kann sich mit dem Vorlesen begnügen; wenn aber das Stück schlecht ist, wird es durch kein Spiel gut.

In meiner Jugend habe ich oft das Theater besucht. Jetzt nimmt meine Familie ein paarmal im Jahre eine Loge und schleppt mich mit, »damit ich mich auslüfte«. Natürlich genügt das nicht, um ein Urteil übers Theater abgeben zu können, aber ich will doch einiges darüber sagen. Meiner Meinung nach ist das Theater nicht besser als vor dreißig, vierzig Jahren. Wie früher kann ich weder in den Korridoren der Theater noch im Foyer ein Glas reines Wasser bekommen. Wie früher legen mir die Theaterdiener für meinen Pelz eine Geldstrafe von zwanzig Kopeken auf, obwohl das Tragen eines warmen Kleidungsstückes im Winter nichts Anstößiges ist. Wie früher spielt in den Zwischenakten überflüssigerweise die Musik, die dem Eindruck des Stükkes noch einen neuen, unerwünschten hinzufügt. Wie früher gehen in den Zwischenpausen die Männer ans Büfett, um Spirituosen zu trinken. Wenn schon in diesen Kleinigkeiten kein Fortschritt zu sehen ist, so werde ich ihn vergebens in Wesentlicherem suchen. Wenn ein vom Kopf bis zu den Füßen in die Theatertraditionen und -vorurteile verstrickter Schauspieler sich müht, den einfachen, nüchternen Monolog »Sein oder nicht sein« nicht einfach, sondern unfehlbar zischend und am ganzen Leibe zitternd zu sprechen, oder wenn er mich um jeden Preis davon zu überzeugen sucht, daß Tschatzkij, der sich viel mit Dummköpfen unterhält und eine Törin liebt, ein sehr kluger Mann und »Verstand schafft Leiden« kein langweiliges Stück sei, so weht mich von der Bühne die gleiche Routine an, die mich schon vor vierzig Jahren langweilte, als man uns mit klassischem Geheul und Andiebrustschlagen traktierte. Und jedesmal verlasse ich das Theater noch konservativer, als ich hineingegangen bin.

Der sentimentalen, vertrauensseligen Menge kann man weismachen, daß das Theater in seiner gegenwärtigen Gestalt eine Schule sei. Wer aber den wahren Sinn der Schule kennt, läßt sich mit dieser Angel nicht fangen. Ich weiß nicht, was nach fünfzig oder hundert Jahren sein wird, aber bei den gegenwärtigen Verhältnissen kann das Theater nur zur Zerstreuung dienen. Doch diese Zerstreuung ist viel zu teuer, als daß man weiterhin von ihr Gebrauch machen sollte. Sie raubt dem Staat Tausende von jungen, gesunden und talentierten Männern und Frauen, die gute Ärzte, Akkerbauer, Lehrerinnen, Offiziere werden könnten, wenn sie nicht zur Bühne gingen; sie raubt dem Publikum die Abendstunden, die beste Zeit zur geistigen Arbeit und für kameradschaftliche Unterhaltungen. Ich spreche gar nicht von den finanziellen Aufwendungen und den moralischen Verlusten, die der Zuschauer davonträgt, wenn er auf der Bühne Mord, Ehebruch und Verleumdung in falscher Darstellung sieht.

Katja war ganz anderer Meinung. Sie versicherte mir, daß das Theater, sogar in seiner gegenwärtigen Gestalt, über den Hörsälen und den Büchern, über allem auf der Welt stehe. Das Theater sei eine Kraft, die alle Künste in sich vereinige, und die Schauspieler seien Missionare. Keine Kunst und keine Wissenschaft in ihrer Isolierung sei imstande, so stark und sicher auf die Menschenseele einzuwirken wie die Bühne, und nicht umsonst genieße darum ein mittelmäßiger Schauspieler in der Gesellschaft eine viel größere Popularität als der beste Gelehrte oder Maler. Und keine öffentliche Tätigkeit könne solche Freude und Befriedigung gewähren wie die an der Bühne.

Und eines schönen Tages schloß sich Katja einer Schauspielergruppe an und fuhr, ich glaube, nach Ufa ab. Sie nahm viel Geld und eine Unmenge rosenroter Hoffnungen und aristokratischer Anschauungen mit.

Ihre ersten Briefe von der Reise waren wunderbar. Ich las sie und war einfach erstaunt, wie diese kleinen Papierbögen soviel Jugend, Seelenreinheit, heilige Einfalt und gleichzeitig so viele feine, tüchtige Urteile enthalten konnten, die einem männlichen Verstand alle Ehre gemacht hätten. Die Wolga, die Landschaft, die Städte, die sie besuchte, die Kollegen, die eigenen Erfolge und Mißerfolge beschrieb sie nicht, sondern besang sie geradezu; jede Zeile atmete die Zuversicht, die ich auf ihrem Gesicht zu sehen gewöhnt war – und bei alldem gab es eine Menge orthographischer Fehler, und Interpunktionszeichen gab es überhaupt nicht.

Es verging auch nicht ein halbes Jahr, da erhielt ich einen höchst poetischen und begeisterten Brief, der mit den Worten begann: »Ich habe mich verliebt.« Diesem Brief lag eine Photographie bei, die einen jungen Mann mit glattrasiertem Gesicht, breitkrempigem Hut und über die Schulter geworfenem Plaid darstellte. Die folgenden Briefe waren wie früher großartig, aber es erschienen darin schon Interpunktionszeichen, die grammatischen Fehler waren verschwunden, kurz, der Einfluß des Mannes war unverkennbar. Katja begann mir davon zu schreiben, wie gut es wäre, irgendwo an der Wolga ein großes Theater zu bauen, und zwar als Aktiengesellschaft, und zu diesem Unternehmen die reiche Kaufmannschaft und die Dampfschiffbesitzer heranzuziehen; so würde viel Geld zusammenkommen, es gäbe riesige Einnahmen, die Schauspieler würden sich genossenschaftlich organisieren ...

... Vielleicht war das tatsächlich gut, aber ich sagte mir,

daß Derartiges nur ein männlicher Kopf ausgedacht haben könne.

Wie dem aber auch sein mochte, anderthalb bis zwei Jahre ging anscheinend alles gut: Katja liebte, glaubte an ihre Sache und war glücklich; dann aber begann ich deutliche Anzeichen des Abgleitens in den Briefen zu bemerken. Es begann damit, daß sich Katja über ihre Kollegen beklagte – das war ein erstes unheilverkündendes Symptom; wenn ein junger Gelehrter oder Literat seine Tätigkeit damit beginnt, daß er sich bitter über die Gelehrten und Literaten beklagt, so heißt dies, daß er bereits schlappmacht und für seinen Beruf nicht taugt. Katja schrieb mir, daß ihre Kollegen die Proben nicht besuchten und ihre Rollen nie beherrschten; durch Inszenierung läppischer Stücke und die Art, wie sich jeder auf der Bühne benähme, werde bekundet, wie sehr man das Publikum verachte; um der besseren Einnahmen willen, um die sich alles drehe, erniedrigten sich die dramatischen Schauspielerinnen zu Chansonetten, und die Tragödinnen sängen Couplets, in denen die gehörnten Ehemänner und die Schwangerschaft untreuer Frauen verspottet würden. Man müsse sich überhaupt wundern, daß das Theaterwesen der Provinz noch nicht zugrunde gegangen sei und wie es in diesem krankhaften Zustande existieren könne.

Als Antwort darauf sandte ich Katja einen langen und, um es zu gestehen, sehr langweiligen Brief. Unter anderem schrieb ich ihr: »Ich hatte öfters Gelegenheit, mit alten Schauspielern, sehr edlen Menschen, die mir ihre Zuneigung schenkten, zu plaudern; den Gesprächen konnte ich entnehmen, daß nicht so sehr ihr eigener Verstand und Wille ihre Tätigkeit bestimmten als die Mode und die Laune der

Gesellschaft; die Besten von ihnen mußten zu ihrer Zeit in der Tragödie ebenso wie in Operetten und Pariser Possen und Feerien auftreten, und sie schienen mir immer gleicherweise auf dem rechten Wege zu gehen und Nutzen zu stiften. Also muß man, wie du siehst, den Grund des Übels nicht in den Schauspielern, sondern tiefer, in der Kunst selbst und den Beziehungen der ganzen Gesellschaft zu ihr suchen.« Dieser Brief reizte Katja lediglich. Sie antwortete mir: »Wir zwei singen aus verschiedenen Opern. Ich schrieb Ihnen nicht von den sehr edlen Menschen, denen Sie Ihre Neigung schenken, sondern von einer Bande von Schlingeln, die mit edler Gesinnung nichts zu tun haben. Es ist eine Herde von Wilden, die nur deswegen auf die Bühne geraten sind, weil man sie an einer andern Stelle nicht angenommen hätte, und die sich nur aus Unverschämtheit Künstler nennen. Unter ihnen ist nicht ein Talent, wohl aber sind viel Unbegabte, Trinker, Intriganten und Klatschbasen vorhanden. Ich kann Ihnen nicht ausdrücken, wie bitter ich es empfinde, daß die Kunst, die ich so liebe, in die Hände mir verhaßter Menschen geraten ist; es ist bitter, daß die besten Menschen das Übel nur von weitem sehen und nicht näher herangehen wollen und, statt auf meine Seite zu treten, in schwerfälligem Stil allgemeine Phrasen machen und einem unnötigerweise Moral predigen.« Und so weiter, alles in dieser Weise.

Einige Zeit verging, und ich erhielt folgenden Brief: »Ich bin unmenschlich betrogen worden. Ich kann nicht länger leben. Verfügen Sie über meine Gelder, wie Sie es für nötig halten. Ich liebe Sie als meinen Vater und einzigen Freund. Leben Sie wohl.«

Es hatte sich gezeigt, daß ihr Er auch zur Herde der Wilden gehörte. Sodann konnte ich aus einigen Andeutungen schließen, daß sie einen Selbstmordversuch unternommen hatte. Vermutlich hatte Katja versucht, sich zu vergiften. Jedenfalls mußte ich annehmen, daß sie danach ernstlich krank geworden war, weil der folgende Brief aus Jalta kam, wohin sie aller Wahrscheinlichkeit nach die Ärzte geschickt hatten. Ihr letzter Brief an mich enthielt die Bitte, ihr so rasch wie möglich tausend Rubel nach Jalta zu senden, und schloß so: »Verzeihen Sie, daß der Brief so düster ist. Gestern hab ich mein Kindchen begraben.« Nachdem sie etwa ein Jahr in der Krim gelebt hatte, kehrte sie nach Hause zurück.

Etwa vier Jahre reiste sie umher, und in all diesen Jahren spielte ich, um es zu gestehen, ihr gegenüber eine durchaus nicht beneidenswerte und höchst seltsame Rolle. Als sie mir damals mitteilte, sie wolle Schauspielerin werden, und mir dann über ihre Liebe schrieb, als zeitweilig die Verschwendungssucht sie überkam und ich ihr jeden Augenblick auf ihr Verlangen bald tausend, bald zweitausend Rubel schicken mußte, als sie mir von ihrer Absicht zu sterben und dann vom Tod ihres Kindes schrieb, verlor ich jedesmal die Fassung, und meine ganze Teilnahme an ihrem Schicksal drückte sich allein darin aus, daß ich viel über sie nachdachte und ihr lange, langweilige Briefe schrieb, die ich überhaupt nicht hätte zu schreiben brauchen! Und doch ersetzte ich ihr den leiblichen Vater und liebte sie wie eine Tochter!

Jetzt wohnt Katja eine halbe Werst von mir entfernt. Sie hat sich eine Fünfzimmerwohnung gemietet und ziemlich komfortabel in ihrem eigenen Geschmack ausgestattet. Würde jemand versuchen, ihre Einrichtung zu schildern, so wäre die vorherrschende Stimmung des Bildes die Faulheit. Für den trägen Körper weiche Couchetten, weiche Taburetts für die trägen Füße, Teppiche für den trägen Blick, verblichene, düstere oder matte Farben; für die träge Seele eine Unmenge billiger Fächer und kleiner Bilder an den Wänden, in denen die Originalität der Ausführung den Inhalt überwiegt, eine Unmenge von Tischchen und Regalen, die mit ganz überflüssigen, wertlosen Sächelchen bedeckt sind, formlose Lappen anstelle von Vorhängen. All das zusammen mit der Furcht vor grellen Farben, vor Symmetrie und Geräumigkeit zeugt außer von seelischer Trägheit auch noch von einem verdorbenen Geschmack. Ganze Tage über liegt Katja auf einer Couchette und liest Bücher, vor allem Romane und Erzählungen. Das Haus verläßt sie nur einmal täglich, nachmittags, um mich zu besuchen.

Ich arbeite, und Katja sitzt weit von mir weg auf dem Sofa, schweigt und hüllt sich in einen Schal, als ob ihr kalt sei. Vielleicht habe ich mich an ihre häufigen Besuche gewöhnt, als sie noch ein kleines Mädchen war, jedenfalls stört mich ihre Gegenwart nicht in meiner Sammlung. Bisweilen richte ich mechanisch irgendeine Frage an sie, und sie gibt mir eine sehr kurze Antwort; oder aber ich drehe mich, um ein Weilchen auszuruhen, ihr zu und sehe, wie sie nachdenklich irgendeine medizinische Zeitschrift oder eine Zeitung durchsieht. Und in dem Augenblick bemerke ich, daß in ihrem Gesicht nicht mehr der frühere Ausdruck der Zuversicht liegt. Ihr Ausdruck ist jetzt kalt, gleichgültig, zerstreut, wie bei Reisenden, die lange auf den Zug warten müssen. Wie früher ist sie gut und schlicht, aber achtlos gekleidet; man sieht, daß Kleid und Frisur von den Couchetten und Schaukelstühlen, auf denen sie die ganzen Tage liegt, recht mitgenommen werden. Und sie ist nicht mehr neugierig wie früher. Fragen stellt sie nicht mehr, als ob sie schon alles im Leben erfahren habe und nicht erwarte, noch Neues zu hören.

Gegen vier wird es im Saal und Gästezimmer lebhaft. Lisa ist aus dem Konservatorium zurückgekehrt und hat einige Freundinnen mitgebracht. Man hört, wie sie Klavier spielen, wie sie ihre Stimmen versuchen und lachen; im Eßzimmer deckt Jegor den Tisch und klappert mit dem Geschirr.

»Leben Sie wohl«, sagt Katja. »Heute komme ich nicht zu den Ihren. Sie mögen mich entschuldigen. Ich habe keine Zeit. Besuchen Sie mich.«

Wie ich sie ins Vorzimmer begleite, sieht sie mich streng vom Kopf bis zu den Füßen an und sagt ärgerlich: »Und Sie werden immer magerer und magerer. Warum lassen Sie sich nicht behandeln? Ich werde zu Ssergej Fjodorowitsch fahren und ihn herbitten. Er soll Sie untersuchen.«

»Nicht nötig, Katja.«

»Ich begreife nicht, wie Ihre Familie das mit ansehen kann! Unglaublich, nichts zu sagen.«

Sie zieht ihren Pelz an, und dabei fallen aus ihrem nachlässig frisierten Haar bestimmt zwei oder drei Haarnadeln auf den Boden. Sie ist zu träge, ihre Frisur zu ordnen, und nimmt sich keine Zeit dazu; ungeschickt steckt sie die herausgefallenen Locken unter ihr Mützchen und geht fort.

Sowie ich ins Eßzimmer komme, fragt mich meine Frau: »Katja war soeben bei dir? Warum ist sie nicht zu uns gekommen? Das ist doch sonderbar ...«

»Mama!« sagt Lisa vorwurfsvoll. »Wenn sie nicht will, so laß sie. Wir können doch nicht vor ihr niederknien.«

»Wie du willst. Darin liegt eine Geringschätzung. Drei Stunden im Herrenzimmer sitzen und nicht an uns denken. Nun, wie es ihr gefällt.«

Warja und Lisa hassen beide Katja. Dieser Haß ist mir unbegreiflich; wahrscheinlich muß man, um ihn zu begreifen, eine Frau sein. Ich bürge mit meinem Kopf dafür, daß unter den anderthalbhundert jungen Männern, die ich fast täglich in meinem Auditorium sehe, daß von den hundert bejahrten Männern, denen ich jede Woche begegne, kaum einer sich finden wird, der den Haß und den Abscheu vor Katjas Vergangenheit, das heißt vor ihrer außerehelichen Schwangerschaft und ihrem unehelichen Kinde zu begreifen vermag; und gleichzeitig kann ich mich an keine bekannte Frau, kein Mädchen erinnern, die nicht bewußt oder unbewußt jene Gefühle teilte. Und das kommt nicht daher, daß die Frau tugendhafter und reiner als der Mann ist: Tugend und Reinheit unterscheiden sich wenig vom Laster, solange sie nicht von bösartigen Gefühlen frei sind. Ich erkläre das einfach damit, daß die Frauen zurückgeblieben sind. Das wehmütige Gefühl des Mitleids, die Gewissensbisse, die der Mann in unserer Zeit fühlt, sobald er Unglück sieht, beweisen weit mehr Kultur und sittliches Wachstum, als es Haß und Abscheu tun! Die Frau ist heute noch ebenso tränenreich und gefühlsroh wie im Mittelalter. Und nach meiner Meinung handelt jeder verständig, der ihnen rät, sich wie ein Mann erziehen zu lassen.

Meine Frau liebt Katja nicht, weil sie Schauspielerin war, und dann auch wegen ihrer Undankbarkeit, ihres Stolzes, ihrer Überspanntheit und all der zahlreichen Laster, die eine Frau immer in der andern zu entdecken weiß.

Außer mir und meiner Familie essen bei uns noch zwei

oder drei Freundinnen meiner Tochter und Aleksandr Adolfowitsch Gnecker, Lisas Verehrer und Bewerber. Das ist ein junger blonder Mann von höchstens dreißig Jahren, mittlerem Wuchs, sehr stark, breitschultrig, mit roten Koteletten und gefärbtem Schnurrbart, der seinem vollen, glatten Gesicht einen spielzeughaften Ausdruck verleiht. Er hat einen sehr kurzen Rock an, eine bunte Weste, großkarierte, oben sehr weite, unten sehr enge Hosen, dazu gelbe Halbschuhe ohne Absätze. Seine Augen stehen wie bei einem Krebs hervor, die Halsbinde gleicht einem Krebshals, und mir kommt es sogar vor, als ob dieser ganze junge Mann den Geruch von Krebssuppe ausströmt. Er ist täglich bei uns, aber niemand in meiner Familie weiß, woher er stammt, wo er zur Schule ging und wovon er lebt. Er spielt nicht und singt nicht, hat aber irgendeine Beziehung zu Musik und Gesang, verkauft irgendwo an irgend jemanden Klaviere, ist häufig im Konservatorium, mit allen Berühmtheiten bekannt und trifft die Anordnungen für die Konzerte; er urteilt über Musik mit großer Autorität, und wie ich bemerke, stimmen ihm alle willig zu.

Reiche Leute haben immer Schmarotzer um sich; Wissenschaften und Künste auch. Es gibt anscheinend keine Kunst oder Wissenschaft in der Welt, die von Parasiten der Art dieses Herrn Gnecker frei wäre. Ich bin kein Musikant, und vielleicht irre ich mich über Gnecker, den ich ja auch wenig kenne. Aber seine Autorität und die Würde, mit der er am Klavier steht und zuhört, wenn jemand singt oder spielt, sind mir verdächtig.

Ihr mögt hundertmal Gentleman oder Geheimrat sein, wenn ihr eine Tochter habt, seid ihr dur[illegible] nem Spießertum sicher, das mit Courma[illegible]

Hochzeit in euer Haus, in eure Stimmung eindringt. Ich kann mich jedenfalls ganz und gar nicht mit dem Ausdruck des Triumphes zufriedengeben, den meine Frau jedesmal hat, wenn Gnecker bei uns sitzt, ich kann mich auch nicht mit den Flaschen Lafitte, Portwein und Sherry versöhnen, die nur seinetwegen auf den Tisch kommen, damit er sich durch Augenschein überzeuge, wie groß und üppig wir leben. Ich vertrage auch Lisas abruptes Lachen nicht und ihre Manier, die Augen zusammenzukneifen, wenn Männer bei uns sind. Und vor allem kann ich gar nicht verstehen, warum ein Wesen tagtäglich zu mir kommen muß, das meinen Gewohnheiten, meiner Wissenschaft, meinem ganzen Lebenszuschnitt völlig fremd ist und mit den Menschen, die ich liebe, nichts gemein hat. Meine Frau und die Bediensteten flüstern geheimnisvoll: »Das ist der Bräutigam«, aber trotzdem begreife ich seine Anwesenheit nicht; er erweckt in mir das gleiche Unbehagen, das mir ein Zulu an meinem Tisch verursachte. Und mir ist auch sonderbar, daß meine Tochter, die ich bisher für ein Kind hielt, diese Halsbinde, diese Augen, diese weichen Backen liebt ...

Früher war mir das Mittagessen angenehm oder wenigstens gleichgültig, aber jetzt bringt es mir nur noch Langeweile und Gereiztheit. Seit ich Exzellenz geworden und Dekan der Fakultät war, hält es meine Familie aus irgendeinem Grunde für nötig, unser Menü und die Tischsitten umzustoßen. Statt der einfachen Gerichte, an die ich als Student und Arzt gewöhnt war, setzt man mir jetzt eine »soupe purée« vor, in der irgendwelche weiße »Fleckerln« herumschwimmen, sowie Nieren in Madeira. Der Generalsrang und meine Berühmtheit entzogen mir für immer die Kohlsuppe und die wohlschmeckenden Piroggen und die mit

Äpfeln gefüllte Gans und den Brachsen mit Kascha. Sie nahmen mir das Stubenmädchen Agascha, eine geschwätzige und komische Alte, an deren Stelle jetzt Jegor, ein stumpfer und aufgeblasener Kerl, mit einem weißen Handschuh an der rechten Hand das Essen serviert. Die Pausen zwischen den Gängen sind kurz, erscheinen aber übermäßig lang, weil man nicht weiß, wie man sie ausfüllen soll. Die alte Heiterkeit, die zwanglosen Gespräche, die Scherze, das Lachen sind vorbei, die gegenseitige Zärtlichkeit und die Freude, welche die Kinder, meine Frau, mich erfüllte, wenn wir uns im Eßzimmer zu versammeln pflegten, ist verschwunden; für mich, einen vielbeschäftigten Mann, war das Mittagessen die Zeit der Erholung und des Beisammenseins, für Frau und Kinder ein freilich kurzes, aber heiteres, frohes Fest, denn sie wußten, daß ich in dieser halben Stunde nicht der Wissenschaft, nicht den Studenten gehöre, sondern nur ihnen allein und sonst niemandem. Verschwunden ist die Kunst, sich mit einem Weinglas zu berauschen, weder Agascha ist da noch der Brachsen mit Kascha, noch der Lärm, von dem immer die kleinen Skandale während des Mittagessens begleitet waren, wenn etwa unter dem Tisch Katze und Hund sich balgten oder der Verband von Katjas Wange in den Suppenteller fiel.

Das jetzige Mittagessen zu beschreiben ist ebenso unschmackhaft, wie es zu genießen. Im Gesicht meiner Frau liegt Feierlichkeit und angenommene Würde, dazu der gewöhnliche sorgenvolle Ausdruck. Sie mustert unruhig unsere Teller und sagt: »Ich sehe, der Braten schmeckt euch nicht ... Sagt: er schmeckt euch doch nicht?« Und ich muß antworten: »Ganz grundlos beunruhigst du dich, meine Liebe, der Braten schmeckt sehr gut.« Und sie sagt: »Du trittst immer für mich ein, Nikolaj Stepanytsch, und sagst nie die Wahrheit. Warum hat denn Aleksandr Adolfowitsch so wenig gegessen?« Und in der Art geht es während der ganzen Mahlzeit. Lisa lacht abrupt und kneift die Augen zusammen. Ich sehe meine Frau und Lisa an, und jetzt erst beim Essen wird mir ganz klar, daß beider Innenleben mir längst entfremdet ist. Mich überschleicht das Gefühl, als habe ich einmal mit meiner wirklichen Familie in einem Heim gewohnt, sei aber jetzt bei einer Frau zu Gast und sehe eine fremde Lisa. Beide haben sich plötzlich verändert, den langen Prozeß aber, der diesen Wandel bewirkte, habe ich verschlafen, und es ist nicht verwunderlich, daß ich nichts begreife. Woher kam der Wechsel? Ich weiß es nicht. Vielleicht liegt die Schuld daran, daß Gott meiner Frau und Tochter nicht die gleiche Kraft wie mir gegeben hat. Von Kindheit an war ich gewohnt, äußeren Einflüssen zu widerstehen, und habe mich dabei genügend abgehärtet; solche Lebenskatastrophen wie Berühmtheit, Generalsrang, Übergang von einem behaglichen Dasein zu einer über meine Verhältnisse erhobenen Lebensführung, Umgang mit dem hohen Adel und so weiter haben mich kaum berührt, und so blieb ich heil und unverletzt; auf meine Frau und Lisa aber, die schwach und nicht abgehärtet sind, ist das alles niedergestürzt wie eine Schneelawine und hat sie erdrückt.

Die jungen Damen und Gnecker unterhalten sich von Fugen, Kontrapunkt, Sängern und Pianisten, von Bach und Brahms; meine Frau aber, die fürchtet, man könne sie musikalischer Unbildung zeihen, lächelte ihnen teilnehmend zu und murmelt: »Das ist reizend ... Wirklich! Sagt doch nur ...« Gnecker ißt solide, scherzt solide und hört herablassend die Bemerkungen der jungen Damen an. Bisweilen wandelt ihn die Lust an, in schlechtem Französisch zu sprechen, und dann hält er, Gott weiß warum, für nötig, mich »votre excellence« zu titulieren.

Ich aber bin mürrisch. Es ist klar, daß ich sie alle geniere und daß sie mich genieren. Früher war mir ein Standesunterschied fremd, jetzt aber quält mich so etwas Ähnliches. Ich suche schlechte Eigenschaften in Gnecker, finde sie rasch, und es quält mich, daß als Bräutigam an seiner Stelle nicht ein Mensch dasitzt, der zu meinem Kreise gehört. Seine Anwesenheit hat auch in anderer Beziehung eine schlechte Wirkung auf mich. Wenn ich allein oder in Gesellschaft von Menschen bin, die ich liebe, denke ich eigentlich nie über meine Verdienste nach, und wenn ich nicht daran erinnert werde, kommen sie mir so nichtig vor, als wäre ich erst gestern ein Gelehrter geworden; aber in Gegenwart solcher Leute wie Gnecker erscheinen mir meine Verdienste als ein sehr hoher Berg, dessen Gipfel sich in den Wolken verliert und an dessen Fuß, dem Auge kaum bemerkbar, die Gneckers kribbeln.

Nach dem Essen gehe ich in mein Kabinett und rauche dort ein Pfeifchen, das einzige am Tage, das von der längst vergangenen Gewohnheit, von morgens bis abends zu qualmen, übrigblieb. Wenn ich rauche, kommt meine Frau zu mir und setzt sich hin, um zu plaudern. Wie morgens weiß ich vorher schon, worüber wir uns unterhalten werden.

»Wir müssen uns ernsthaft besprechen, Nikolaj Stepanytsch«, beginnt sie. »Ich spreche von Lisa. Warum achtest du gar nicht darauf?«

»Das heißt?«

»Du tust, als ob du nichts bemerkst, aber das ist nicht

recht. Man darf nicht sorglos sein ... Gnecker hat in bezug auf Lisa bestimmte Absichten ... Was sagst du dazu?«

»Daß er ein schlechter Mensch ist, kann ich nicht sagen, weil ich ihn nicht kenne, aber daß er mir nicht gefällt, habe ich dir schon tausendmal erklärt.«

»Aber so geht das nicht ...«

Sie steht auf und läuft erregt hin und her.

»So darf man sich bei einem ernsten Schritt nicht verhalten ...«, sagt sie. »Wenn es sich um das Glück der Tochter handelt, muß man alles Persönliche aus dem Spiel lassen. Ich weiß, er gefällt dir nicht ... Gut ... Wenn wir ihn jetzt abweisen und alles zerstören – kannst du dafür bürgen, daß Lisa uns nicht ihr ganzes Leben lang Vorwürfe machen wird? Es gibt heutzutage nicht Gott weiß wieviel Bräutigame, und es kann geschehen, daß sich keine zweite Partie mehr bietet ... Er liebt Lisa sehr und gefällt ihr augenscheinlich ... Natürlich hat er keine gesicherte Position, aber was ist da zu machen? Mit der Zeit wird er irgendwo eine Stellung finden. Er ist aus guter Familie und reich.«

»Woher weißt du das?«

»Er sagt es selbst. Sein Vater besitzt in Charkow ein großes Haus und bei Charkow ein Gut. Kurz und gut, Nikolaj Stepanytsch, du mußt unbedingt nach Charkow reisen.«

»Warum?«

»Du mußt dort Nachforschungen anstellen. Du hast dort bekannte Professoren, die dir helfen werden. Ich würde selbst fahren, aber ich bin eine Frau. Ich kann es nicht ...«

»Ich werde nicht nach Charkow fahren«, sage ich mürrisch.

Meine Frau erschrickt, und in ihrem Gesicht erscheint ein Ausdruck quälenden Schmerzes.

»Um Gottes willen, Nikolaj Stepanytsch!« fleht sie mich schluchzend an. »Um Gottes willen, nimm diese Last von mir! Ich leide!« Es schmerzt mich, wenn ich sie so sehe.

»Gut, Warja«, sage ich freundlich. »Wenn du willst, bitte sehr, ich werde nach Charkow fahren und alles tun, was dir beliebt.«

Sie preßt das Taschentuch an die Augen und geht in ihr Zimmer, um zu weinen. Ich bleibe allein.

Nach einiger Zeit bringt man Licht. Von den Sesseln und dem Lampenschirm fallen die gewohnten, mir längst verhaßt gewordenen Schatten auf Wände und Fußboden, und wenn ich sie ansehe, fällt mir ein, daß es bereits finster ist und meine verdammte Schlaflosigkeit schon beginnt. Ich lege mich zu Bett, dann stehe ich auf und gehe im Zimmer umher, dann lege ich mich wieder hin ... Gewöhnlich erreicht meine Nervosität nach dem Essen, bei Anbruch des Abends ihren Höhepunkt. Ich beginne ohne Veranlassung zu weinen und verberge den Kopf in dem Kissen. In diesem Moment fürchte ich, daß jemand hereinkommen könne; ich fürchte, plötzlich zu sterben, ich schäme mich meiner Tränen, und ein unerträglicher Zustand bemächtigt sich meiner ganzen Seele. Ich kann die Lampe, die Bücher, die Schatten auf dem Fußboden nicht mehr länger ansehen, ich kann die Stimmen nicht mehr ertragen, die aus dem Salon herübertönen. Eine unsichtbare, unbegreifliche Kraft treibt mich aus meiner Wohnung hinaus. Ich springe auf, ziehe mich eilig und vorsichtig an, damit es meine Leute nicht merken, und gehe auf die Straße. Wohin soll ich gehen? Die Antwort auf diese Frage steht seit langem fest. Zu Katja.

3

Gewöhnlich liegt sie auf dem Diwan oder auf einer Couchette und liest. Wenn sie mich sieht, erhebt sie träge ihren Kopf, setzt sich auf und reicht mir die Hand.

»Du liegst immer«, sage ich nach einer Weile des Schweigens und Verschnaufens. »Das ist ungesund. Du solltest dich mit etwas beschäftigen!«

»Wie?«

»Du solltest dich, sage ich, mit etwas beschäftigen.«

»Womit? Eine Frau kann nur einfache Arbeiterin oder Schauspielerin sein.«

»Je nun! Wenn du nicht Arbeiterin werden willst, so werde Schauspielerin.«

Sie schweigt.

»Du solltest heiraten«, sage ich halb im Scherz.

»Ich habe niemanden, sehe auch keine Veranlassung.«

»So kann man nicht leben.«

»Ohne Mann? Was ist das schon! Männer wären genug vorhanden, wenn ich Lust hätte.«

»Katja, das ist nicht schön.«

»Was ist nicht schön?«

»Was du soeben gesagt hast.«

Sie merkt, daß ich gekränkt bin, will den schlechten Eindruck verwischen und sagt daher: »Kommen Sie, wir gehen hinüber.«

Sie führt mich in das kleine, sehr gemütliche Stübchen, zeigt auf den Schreibtisch und sagt: »Hier ... Das habe ich für Sie eingerichtet. Hier können Sie arbeiten. Kommen Sie jeden Tag und bringen eine Arbeit mit. Zu Hause stört man Sie nur. Werden Sie hier arbeiten? Wollen Sie?«

Um sie nicht durch Ablehnung zu kränken, antworte ich, daß ich bei ihr arbeiten werde und daß mir das Zimmer sehr gefällt. Dann setzen wir uns beide in dem gemütlichen Stübchen nieder und beginnen uns zu unterhalten.

Es ist warm; die freundliche Umgebung und die Anwesenheit eines sympathischen Wesens wecken jetzt nicht mehr wie früher ein Gefühl der Zufriedenheit in mir, sondern ermuntern mich zum Klagen und Murren. Ich bilde mir ein, mir würde leichter ums Herz, wenn ich eine Weile murre und klage.

»Es steht schlimm, meine Liebe!« beginne ich seufzend. »Sehr schlimm ...«

»Was gibt's?«

»Siehst du, Liebling: das schönste, heiligste Recht der Könige ist das Recht der Barmherzigkeit. Und ich fühlte mich immer als König, weil ich über alles gern von diesem Recht Gebrauch machte. Ich habe nie gerichtet, ich war herablassend, ich verzieh bereitwillig allen rechts und links. Wo andere protestierten und sich aufregten, gab ich Ratschläge und suchte zu überzeugen. Mein Leben lang war ich bemüht, meine Gesellschaft für meine Familie, für die Studenten und Kollegen, für die Bedienten erträglich zu machen. Und dies mein Verhalten den Menschen gegenüber, ich weiß es sehr wohl, wirkte erzieherisch auf alle, die um mich waren. Aber jetzt bin ich kein König mehr. In mir regt sich etwas, was nur Sklaven eigen ist: in meinem Kopf gehen Tag und Nacht böse Gedanken um, und in meiner Seele haben sich Gefühle eingenistet, die ich früher nicht kannte. Ich hasse und verachte und bin ungehalten und erregt und fürchte mich. Ich bin übermäßig streng, anspruchsvoll, empfindlich, unliebenswürdig, mißtrauisch geworden. Selbst das, was mich früher nur bewog, beiläufig einen Kalauer zu machen und gutmütig zu lachen, erzeugt in mir jetzt ein bedrückendes Gefühl. Auch meine Denkweise ist anders geworden: früher verachtete ich das Geld nur, jetzt aber nähre ich ein böses Gefühl nicht gegen das Geld, sondern gegen die Reichen, als ob sie schuldig wären; früher haßte ich Gewalt und Willkür, jetzt hasse ich die Menschen, die Gewalt anwenden; als ob sie allein schuldig wären und nicht wir alle, die wir nicht verstehen, einander zu erziehen. Was bedeutet das? Wenn die neuen Gedanken und neuen Gefühle von einem Wechsel der Überzeugung gekommen sind, wie konnte ein solcher Wechsel vor sich gehen? Ist die Welt etwa schlechter, bin ich etwa besser geworden, oder war ich früher blind und gleichgültig? Wenn aber dieser Wechsel von dem allgemeinen Verfall meiner physischen und geistigen Kräfte kommt – ich bin ja krank und verliere täglich an Gewicht –, so ist meine Lage beklagenswert: meine neuen Gedanken sind also unnormal, ungesund, ich muß mich ihrer schämen und sie für nichtswürdig halten ...«

»Die Krankheit hat damit nichts zu tun«, unterbricht mich Katja. »Ihre Augen haben sich einfach aufgetan: das ist alles. Sie haben das gesehen, was Sie früher nicht bemerken wollten. Meiner Meinung nach müßten Sie vor allem endgültig mit Ihrer Familie brechen und fortgehen.«

»Du redest Unsinn.«

»Sie lieben sie nicht mehr, warum handeln Sie dann gegen Ihr Gewissen? Oder ist das etwa eine Familie? Wenn Sie heute stürben, würden sie morgen niemanden vermissen.«

Katja verachtet meine Frau und Tochter ebensosehr, wie

jene sie hassen. Man kann in unsrer Zeit nicht gut als Menschenrecht geltend machen, jemanden zu verachten. Wenn man sich aber auf Katjas Standpunkt stellt und ihn gelten läßt, muß man zugeben, daß sie ebensoviel Recht hat, meine Frau und Lisa zu verachten, wie jene beiden, sie zu hassen.

»Diese kleinen Seelen!« sagt Katja. »Waren Sie heute zu Hause? Hat man wirklich nicht vergessen, Sie ins Eßzimmer zu rufen? Wie kommt es nur, daß die sich immer noch Ihrer Existenz erinnern?«

»Katja«, sage ich streng, »ich bitte dich zu schweigen.«

»Glauben Sie, mir ist es angenehm, von jenen zu sprechen? Ich wäre froh, wenn ich sie überhaupt nicht kennte. Hören Sie doch auf mich, mein Teurer: lassen Sie alles stehen und liegen und fahren Sie weg. Reisen Sie ins Ausland. Je schneller, desto besser.«

»Was für ein Unsinn! Und die Universität?«

»Lassen Sie auch die Universität. Was kann sie Ihnen sein? Es kommt ja doch nichts Gescheites dabei heraus. Sie halten schon dreißig Jahre Vorlesungen, aber wo sind Ihre Schüler? Gibt es viele bedeutende Gelehrte unter ihnen? Zählen Sie sie doch einmal zusammen! Und diese Doktoren zu vermehren, die die Unwissenheit ausbeuten, um Hunderttausende zu verdienen, dazu braucht man keinen begabten und guten Menschen. Sie sind hier ganz überflüssig.«

»Mein Gott, wie scharf du bist!« sage ich entsetzt. »Wie scharf du bist! Schweig, sonst geh ich fort. Ich weiß nicht, wie ich auf deine scharfen Ausfälle antworten soll!«

Das Mädchen kommt herein und ruft uns zum Tee. Beim Samowar nimmt, Gott sei Dank, unser Gespräch eine andere Wendung. Nachdem ich mich beklagt habe, gebe ich einer andern greisenhaften Schwäche nach und krame Erinnerungen aus. Ich erzähle Katja von meiner Vergangenheit, und zu meinem eigenen großen Erstaunen teile ich ihr Einzelheiten mit, von denen ich gar nicht ahnte, daß sie noch in meinem Gedächtnis lebten. Sie hört mich verhaltenen Atems an, voll Rührung und Stolz. Besonders gern erzähle ich ihr davon, wie ich einst das Seminar besuchte und davon träumte, zur Universität zu gehn.

»Einmal gehe ich so in unserm Seminargarten spazieren ... Der Wind trägt aus einer fernen Schenke die gezogenen Töne einer Harmonika und ein Lied herüber, oder am Seminarzaun jagt eine Troika mit einem Glockenspiel vorüber, und das genügt völlig, um ein Glücksgefühl plötzlich nicht nur in meine Brust, sondern sogar in den Bauch, in die Beine und Arme strömen zu lassen ... Du lauschst der Harmonika oder den immer leiser werdenden Glöckchen und stellst dir vor, du wärst Arzt, und malst dir Bilder aus – eins schöner als das andere. Und wie du siehst, gingen meine Träume in Erfüllung. Ich habe mehr erreicht, als ich zu träumen wagte. Dreißig Jahre war ich ein beliebter Professor, hatte ausgezeichnete Kollegen, war angesehen und berühmt. Ich liebte, heiratete aus leidenschaftlicher Liebe, hatte Kinder. Mit einem Wort, wenn ich zurückblicke, stellt sich mir mein ganzes Leben als eine schöne, talentvoll durchgeführte Komposition dar. Jetzt muß ich nur aufpassen, das Finale nicht zu verderben. Dazu muß man auf menschliche Weise sterben. Wenn der Tod tatsächlich eine Gefahr ist, muß man ihm begegnen, wie es einem Lehrer, Gelehrten, dem Bürger eines christlichen Staates ziemt: mutig und ruhigen Herzens. Aber ich fürchte, das

Finale zu verderben. Ich ertrinke, ich fliehe zu dir, bitte um Hilfe, und du sagst mir: ertrinken Sie nur, so muß es auch sein.«

Aber da ertönt im Vorzimmer die Glocke. Wir hören es und sagen: »Das wird Michail Fjodorowitsch sein.«

Und tatsächlich, nach einer Minute tritt mein philologischer Kollege Michail Fjodorowitsch herein, ein hochgewachsener, gut gebauter Mann von etwa fünfzig Jahren mit dichten grauen Haaren, schwarzen Augenbrauen, glattrasiert. Er ist ein guter Mensch und ausgezeichneter Kollege. Er stammt aus einer alten, erfolgreichen, begabten Adelsfamilie, die in der Geschichte unserer Literatur und Bildung eine bemerkenswerte Rolle spielt. Er selbst ist klug, talentiert, sehr gebildet, aber nicht ohne Sonderlichkeiten. Bis zu einem gewissen Grade sind wir alle sonderbar, sind wir alle seltsame Käuze, doch seine Absonderlichkeiten sind außergewöhnlich und nicht ungefährlich für seine Bekannten. Ich kenne unter diesen nicht wenige, die über seinen Absonderlichkeiten seine vielfältigen Vorzüge übersehen.

Wenn er hereinkommt, nimmt er langsam die Handschuhe ab und sagt in seinem samtenen Baß: »Guten Tag. Sie trinken gerade Tee? Da komme ich ja recht. Höllisch kalt draußen.«

Dann setzt er sich an den Tisch, nimmt ein Glas Tee und beginnt sofort zu sprechen. Das Charakteristischste an seiner Art zu sprechen ist ein beständig scherzhafter Ton, eine Mischung von Philosophie und Spaßmacherei, wie bei den Shakespeareschen Totengräbern. Er spricht stets über ernste Dinge, aber nie ernsthaft. Seine Urteile sind immer scharf, schmähend, doch dank des weichen, ruhigen, scherzenden Tones kommen sie so heraus, daß Schärfe und Schmähung das Ohr nicht verletzen und man sich rasch daran gewöhnt. Jeden Abend bringt er einige Anekdoten aus dem Universitätsleben mit und erzählt sie gewöhnlich, sobald er sich gesetzt hat.

»Ach, mein Gott«, seufzt er und bewegt spöttisch seine schwarzen Augenbrauen. »Was für komische Leute es nur in der Welt gibt.«

»Wieso?« fragt Katja.

»Ich komme heute aus der Vorlesung, und auf der Treppe begegnet mir dieser alte Idiot, unser N. N. Er kommt daher, und wie gewöhnlich hat er sein Pferdekinn vorgestreckt und sucht jemanden, bei dem er sich über seine Migräne, seine Frau und die Studenten beklagen kann, die seine Vorlesungen nicht besuchen wollen. Nun, denke ich, er hat mich gesehen, jetzt bin ich verloren, alles ist hin ...«

Und in dieser Art erzählt er weiter. Oder er beginnt so: »Gestern war ich auf der öffentlichen Vorlesung unsres Z. Z. Ich wundere mich, wie unsre Alma mater – zur guten Stunde sei's gesagt – es fertigbringt, solche Dummköpfe und patentierten Tölpel, wie dieser Z. Z. einer ist, dem Publikum vorzuführen. Das ist ja ein geradezu europäischer Narr. Erbarmen Sie sich, einen zweiten von der Sorte findet man in ganz Europa mit der Laterne nicht! Er liest, können Sie sich das vorstellen, wie wenn er Kandis lutscht: sju-sju-sju ... Er wird verlegen, findet sich in seinem Manuskript nicht zurecht, seine kümmerlichen Gedanken bewegen sich kaum vom Fleck – etwa mit der Geschwindigkeit eines Archimandriten, der Veloziped fährt –, vor allem aber kommt man gar nicht dahinter, was er eigentlich sagen will. Entsetzliche Langweile, die Fliegen sterben dabei! Diese Langeweile kann man nur mit der vergleichen, die in der Aula beim Jahresaktus herrscht, wenn die traditionelle Rede gehalten wird – der Teufel soll sie holen.«

Und dann kommt ein ganz plötzlicher Übergang: »Vor etwa drei Jahren, Nikolaj Stepanytsch wird sich erinnern, mußte ich diese Rede halten. Es war heiß, schwül, die Uniform drückte unter den Achseln – es war kaum zum Aushalten. Ich trage eine halbe Stunde, eine Stunde, anderthalb, zwei Stunden vor ... Nun, denke ich, Gott sei Dank sind nur noch zehn Seiten übrig. Und der Schluß waren vier Seiten, die ich nicht unbedingt vorzutragen brauchte, und ich wollte sie denn auch weglassen. Bleiben also, denke ich, nur noch sechs. Aber stellen Sie sich vor, ich blicke flüchtig nach vorne und sehe: in der dritten Reihe sitzen nebeneinander ein General mit dem Ordensbande und der Bischof. Die armen Teufel sind vor Langeweile geradezu erstarrt, reißen die Augen auf, um nicht einzuschlafen, und bemühen sich nichtsdestoweniger, in ihren Gesichtern Aufmerksamkeit auszudrücken, und tun, als ob ihnen mein Vortrag verständlich wäre und gefalle. Nun, denke ich, wenn er euch gefällt, dann sollt ihr auch alles hören! Und ihnen zum Trotz las ich nun auch noch die vier Seiten vor.«

Wenn er spricht, lächeln bei ihm, wie überhaupt bei spottlustigen Menschen, nur die Augen und Augenbrauen; in seinen Augen liegt dann weder Haß noch Bosheit, aber viel Witz und eine besondere Fuchsschlauheit, wie man sie nur bei scharf beobachtenden Menschen wahrnimmt. Wenn ich noch mehr von seinen Augen sagen soll, so habe ich eine andere Eigentümlichkeit bei ihnen wahrgenommen. Wenn er ein Glas Tee von Katja annimmt oder einer Bemerkung von ihr zuhört oder sie mit einem Blick begleitet, wenn sie, um etwas zu holen, auf kurze Zeit das Zimmer verläßt, dann bemerke ich in seinem Blicke etwas Sanftes, Flehendes, Reines …

Das Mädchen räumt den Samowar weg und stellt ein Stück Käse, Obst und eine Flasche Schaumwein aus der Krim auf den Tisch, einen nicht schlechten Wein, den Katja während ihres Aufenthaltes in der Krim schätzengelernt hat. Michail Fjodorowitsch nimmt zwei Kartenspiele von der Etagere und legt Patience. Wie er versichert, erfordern einige Patiencen große Auffassungsgabe und Aufmerksamkeit, dennoch hört er beim Legen der Patiencen nicht auf, sich weiter zu unterhalten. Katja verfolgt aufmerksam seine Karten und hilft ihm mehr durch Mimik als mit Worten. Den ganzen Abend trinkt sie nur zwei Gläschen Wein, ich trinke ein Viertelglas, der ganze Rest der Flasche fällt Michail Fjodorowitsch zu, der viel verträgt, ohne je betrunken zu werden.

Während der Patience erörtern wir verschiedene Fragen, vor allem bedeutsame, wobei es gewöhnlich über das hergeht, was wir am meisten lieben, das heißt über die Wissenschaft.

»Die Wissenschaft hat Gott sei Dank ihr Dasein abgeschlossen«, sagt Michail Fjodorowitsch langsam und gemächlich. »Ihr Lied ist schon aus. Jawohl. Die Menschheit fühlt bereits das Bedürfnis, sie durch etwas anderes zu ersetzen. Sie ist auf dem Boden von Vorurteilen erstanden, unter Vorurteilen herangewachsen und stellt jetzt genau eine solche Quintessenz von Vorurteilen dar, wie ihre verstorbenen Großmütter: Alchemie, Metaphysik und Philosophie. Und tatsächlich, was hat sie den Menschen gegeben? Zwischen den gelehrten Europäern und den Chinesen, die keine Wissenschaft in unserm Sinne kennen, ist ein ganz geringfügiger und rein äußerlicher Unterschied; die Chinesen lernten unsere Wissenschaft nicht kennen, aber was haben sie daran verloren?«

»Auch die Fliegen kennen keine Wissenschaft«, sagte ich, »was folgt daraus?«

»Sie brauchen sich nicht zu ärgern, Nikolaj Stepanytsch. Ich sage das nur hier, unter uns ... Ich bin vorsichtiger, als Sie denken, und werde so etwas nicht öffentlich äußern, Gott bewahre ... In der Masse herrscht das Vorurteil, Wissenschaften und Künste stünden höher als Ackerbau, Handel und Handwerk. Unsre Sekte nährt sich von diesem Vorurteile, und es ist unser beider Sache nicht, es zu zerstören. Gott behüte!«

Nach der Patience bekommt auch die Jugend ihr Teil ab.

»Heutzutage ist unser Publikum verflacht«, seufzt Michail Fjodorowitsch. »Ich spreche nicht von den Idealen und so weiter, aber wenn man wenigstens vernünftig zu arbeiten und zu denken verstünde. Es trifft schon zu: ›Voll Trauer seh ich unsre Zeitgenossen an‹.«

»Ja, man ist entsetzlich verflacht«, stimmt Katja zu. »Sagen Sie, gab es in den letzten fünf bis zehn Jahren bei Ihnen auch nur einen hervorragenden Gelehrten?«

»Ich weiß nicht, wie es bei den andern Professoren steht, aber in meinem Fach kann ich mich an keinen einzigen erinnern.«

»Ich habe in meinem Leben bei euch viele Studenten und junge Gelehrte, dazu viele Schauspieler gesehen ... Und was? Nicht ein einziges Mal begegnete mir ein Held oder ein Talent, ja nicht einmal ein interessanter Mensch. Alles ist grau, unbegabt, eingebildet ...«

Diese ganze Unterhaltung über die Entartung der jungen Generation macht auf mich jedesmal den Eindruck, als ob ich häßlichen Äußerungen über meine Tochter ungewollt zuhöre. Es ärgert mich, daß die Beschuldigungen ganz allgemein in Bausch und Bogen vorgebracht werden und sich auf solchen längst abgenutzten Gemeinplätzen aufbauen wie Entartung, Mangel an Idealismus oder sich auf die wunderschöne Vergangenheit berufen. Jede Beschuldigung, selbst wenn sie in Damengesellschaft vorgebracht wird, muß so bestimmt als möglich formuliert sein, sonst ist sie keine Beschuldigung, sondern eine bloße, anständiger Menschen unwürdige Verleumdung.

Ich bin ein alter Mann, schon dreißig Jahre im Amt, aber ich bemerke weder etwas von Entartung noch Mangel an Idealismus und finde auch nicht, daß es jetzt schlimmer steht als früher. Mein Pförtner Nikolaj, dessen Erfahrungen in ihrer Art auch einen Wert haben, sagt, die jetzigen Studenten seien nicht besser und nicht schlechter als die früheren.

Wenn man mich fragt, was mir an meinen jetzigen Schülern nicht gefällt, so wüßte ich im ersten Augenblick keine rechte Antwort, aber dann wollte ich meine Antwort sehr bestimmt formulieren. Ihre Mängel kenne ich und brauche daher keine nebelhaften Gemeinplätze zu bemühen. Mir gefällt nicht, daß sie Tabak rauchen, Alkohol trinken und spät heiraten; daß sie sorglos und bisweilen derart gleichgültig sind, daß sie Kameraden in ihrer Mitte hungern lassen und ihre Schulden beim akademischen Unterstützungsverein nicht bezahlen. Sie kennen keine neuen Sprachen und drücken sich schlecht auf russisch aus; gestern erst klagte mir mein Kollege, der Hygieniker, daß er doppelte Vorlesungen halten müsse, weil sie von Physik wenig und von Meteorologie überhaupt nichts wissen. Sie ergeben sich bereitwillig dem Einfluß der neuesten Schriftsteller, und zwar nicht der besten, sind aber völlig gleichgültig gegenüber Klassikern wie Shakespeare, Marc Aurel, Epiktet oder Pascal, und in ihrer Unfähigkeit, das Große vom Kleinen zu unterscheiden, offenbart sich vor allem ihre Unerfahrenheit dem Leben gegenüber. Alle schwierigen Fragen, die einen mehr oder weniger öffentlichen Charakter haben, wie die Probleme der Auswanderung, entscheiden sie durch Subskriptionslisten statt auf dem Wege wissenschaftlicher Tatsachen und Ergebnisse, obwohl ihnen dieser Weg durchaus offensteht und am besten zum Ziele führt. Sie werden gerne Oberärzte, Assistenten, Laboranten, Externe und sind bereit, diese Stellen bis in ihr vierzigstes Lebensjahr zu bekleiden, obwohl Selbständigkeit, Freiheitsgefühl, persönliche Initiative in der Wissenschaft nicht weniger erforderlich sind als zum Beispiel in der Kunst oder im Handel. Ich habe Schüler und Hörer, aber keine Gehilfen und Nachfolger; ich liebe sie daher wohl und habe Mitleid mit ihnen, bin aber nicht stolz auf sie ...

Derartige Mängel, so viele ihrer auch sind, können nur einen kleinmütigen, lebensfremden Menschen in pessimistische oder verbitterte Stimmung versetzen. Alle diese Mängel haben einen zufälligen, vorübergehenden Charakter und sind in hohem Maße von äußeren Lebensbedingungen abhängig; einige zehn Jahre genügen, um sie verschwinden zu lassen oder andern, neuen Mängeln Platz zu machen, ohne die es nun einmal nicht geht und die dann wiederum neue Kleinmütige erschrecken. Die Fehler der Studenten ärgern mich oft, aber dieser Ärger ist nichts im Vergleich zu der Freude, die ich seit dreißig Jahren erlebe, wenn ich mit meinen Schülern plaudere, Vorlesungen halte, auf ihr geselliges Leben achte und sie mit Menschen anderer Kreise vergleiche. Michail Fjodorowitsch lästert, Katja hört zu, und beide bemerken nicht, in welchen tiefen Abgrund sie nach und nach durch eine scheinbar so harmlose Zerstreuung wie das Verurteilen ihrer Nächsten geraten. Sie fühlen nicht, wie ein einfaches Gespräch allmählich in Spott und Hohn übergeht, ja bis hart an die Grenze der Verleumdung streift.

»Sehr komische Subjekte begegnen einem«, sagt Michail Fjodorowitsch. »Gestern komme ich zu unserm Jegor Petrowitsch und treffe dort einen Studiosus des dritten Semesters, einen Ihrer Mediziner, glaube ich. Er hat so ein besonderes Gesicht ... Im Stil von Dobroljubow: auf der Stirn liegt der Stempel des Tiefsinns. Wir kamen ins Gespräch ... ›So geht's in der Welt, junger Mann‹, sage ich. ›Ich las einmal, daß ein Deutscher – seinen Familiennamen habe ich vergessen – aus dem Menschengehirn ein neues Alkaloid Idiotin gewonnen hat.‹ Was denken Sie? Er glaubte mir, und auf seinem Gesicht erschien sogar ein Ausdruck der Achtung: da sieh mal einer an! – Ein andermal gehe ich ins Theater. Ich setze mich. Gerade in der Reihe vor mir sitzen zwei Personen: einer ›von unsre Leit'‹, augenscheinlich ein Jurist, der andere zottig – ein Mediziner. Der Mediziner ist betrunken wie ein Schuster. Auf die Bühne gibt er gar nicht acht. Er döst vor sich hin und sinkt immerzu mit dem Kopf vornüber. Sobald aber ein Schauspieler laut einen Monolog zu sprechen beginnt oder einfach die Stimme erhebt, fährt mein Mediziner zusammen, stößt seinen Nachbarn in die Seite und fragt: ›Was sagt er?‹ – ›Irgendwas Erhabenes‹, antwortete der ›von unsre Leit'‹, – ›Bravo!‹

brüllt der Mediziner. ›Wie erhaben! Bravo!‹ – Er, sehen Sie, kam stinkbesoffen, wie er war, ins Theater nicht um der Kunst, sondern um des ›Erhabenen‹ willen.«

Und Katja hört zu und lacht. Sie hat ein seltsames Lachen: Einatmungen und Ausatmungen wechseln einander rasch und rhythmisch ab – es hört sich an, als spiele sie auf einer Harmonika – und dabei lachen im Gesicht nur die Nasenflügel. Ich aber verliere allen Mut und weiß nicht, was ich sagen soll. Ich fahre aus der Haut, gerate in Zorn, springe auf und schreie: »Schweigt endlich still! Was sitzt ihr da wie zwei Kröten und verpestet die Luft mit eurem Hauch? Genug!«

Und ich mache mich fertig, nach Hause zu gehen, und will nicht warten, bis sie mit dem Lästern aufhören. Es ist auch Zeit: elf Uhr.

»Ich möchte noch etwas dableiben«, sagt Michail Fjodorowitsch. »Erlauben Sie, Jekaterina Wladimirowna?«

»Gerne«, antwortet Katja.

»Bene. In dem Falle lassen Sie noch eine Flasche bringen.«

Beide begleiten mich mit Kerzen ins Vorzimmer, und während ich den Pelz anziehe, sagt Michail Fjodorowitsch: »Sie haben in der letzten Zeit entsetzlich abgenommen und sind sehr gealtert, Nikolaj Stepanytsch. Was ist mit Ihnen? Sind Sie krank?«

»Ja, ich bin ein wenig krank ...«

»Und er läßt sich nicht behandeln ...«, sagt Katja traurig.

»Warum geben Sie sich nicht in Behandlung? Warum denn nicht? Wer sich behütet, mein Lieber, den behütet Gott. Grüßen Sie die Ihren, und entschuldigen Sie mich, daß ich noch nicht gekommen bin. Dieser Tage, ehe ich ins Ausland gehe, komme ich mich verabschieden. Unbedingt. In der kommenden Woche fahre ich.«

Ich verlasse Katja gereizt, erschreckt durch das Gespräch über meine Krankheit und unzufrieden mit mir. Ich frage mich: In der Tat, soll ich mich von einem meiner Kollegen behandeln lassen? Und sofort stelle ich mir vor, wie der Kollege, nachdem er mich behorcht hat, schweigend ans Fenster tritt, etwas nachdenkt, sich zu mir umwendet und dann, bemüht, mir auf seinem Gesicht nicht die Wahrheit zu verraten, in gleichgültigem Ton sagt: »Vorderhand finde ich nichts Besonderes, aber dennoch, Kollege, möchte ich Ihnen raten, mit dem Arbeiten aufzuhören ...« Das würde mir die letzte Hoffnung rauben.

Wer lebt denn ohne Hoffnungen? Jetzt, da ich mir selbst die Diagnose stelle und mich selbst behandle, hoffe ich gelegentlich, daß mich meine Unwissenheit täuscht, daß ich mich irre, sowohl in bezug auf das Eiweiß und den Zucker, den ich bei mir feststelle, als auch in bezug auf das Herz und diese Schwellungen, die ich schon zweimal morgens an mir beobachtet habe; wenn ich mit dem Eifer eines Hypochonders die Lehrbücher der Therapie durchblättere und täglich mit den Arzneien wechsle, bilde ich mir immer ein, ich werde doch einmal auf etwas Tröstliches stoßen. All das ist recht erbärmlich.

Ob der Himmel mit Wolken bedeckt ist oder der Mond und die Sterne an ihm funkeln, jedesmal betrachte ich ihn auf meinem Heimweg und denke daran, daß der Tod mich bald holen wird. Man sollte meinen, in diesem Moment müßten meine Gedanken so tief wie der Himmel, hell und außergewöhnlich sein ... Aber nein! Ich denke an mich selbst, an meine Frau, an Lisa, an Gnecker, an die Studenten, überhaupt an die Menschen: meine Gedanken sind schlecht und flach, ich spiele mir selbst etwas vor, und in solchen Augenblicken läßt sich meine Weltanschauung mit den Worten ausdrücken, die der berühmte Araktschejew in einem seiner Briefe aussprach: »Alles Gute in der Welt kann nicht ohne Böses sein, und es gibt immer mehr Böses als Gutes.« Das heißt: Alles ist ekelhaft, es hat keinen Sinn zu leben, und die zweiundsechzig schon durchlebten Jahre sind als verloren zu betrachten. Ich ertappe mich bei diesen Gedanken, ich möchte mich gerne überreden, daß sie zufällig vorübergehend wären und nicht tief in mir sitzen, aber sogleich denke ich: »Wenn dem so ist, warum zieht es dich dann allabendlich zu jenen zwei Kröten hin?«

Und ich schwöre mir, nie mehr zu Katja zu gehen, obwohl ich weiß, daß ich morgen wieder zu ihr gehe.

Während ich an meiner Tür die Glocke ziehe, fühle ich, daß ich keine Familie mehr habe und keine Lust verspüre, zu ihr zurückzukehren. Es ist klar, daß die neuen, die Araktschejewschen Gedanken nicht zufällig und nur vorübergehend in mir sitzen, sondern mein ganzes Wesen durchtränken. Mit schlechtem Gewissen, zerschlagen, träge, kaum imstande, meine Glieder zu bewegen, als ob ich tausend Pud zugenommen hätte, lege ich mich ins Bett und schlafe rasch ein.

Aber dann kommt die Schlaflosigkeit ...

4

Der Sommer naht, und das Leben geht weiter.

Eines schönen Morgens kommt Lisa zu mir und sagt scherzhaften Tones: »Gehen wir, Ew. Exzellenz. Alles ist fertig!«

Man führt meine Exzellenz auf die Straße, setzt sie in eine Droschke und fährt sie davon. Ich fahre, und da ich nichts zu tun habe, lese ich die Aushängeschilder von rechts nach links. Aus dem Worte »Traktir« entsteht so »Ritkart«; das wäre ein guter freiherrlicher Familienname, »Baronesse Ritkart«. Weiter fahre ich, über Feld und an einem Friedhof vorüber; er macht nicht den geringsten Eindruck auf mich, obwohl ich bald auf ihm liegen werde; dann fahre ich durch Wald und wieder über Feld. Interessantes gibt es nicht. Nach zweistündiger Fahrt führt man meine Exzellenz in die untere Etage einer Sommervilla und bringt sie in einem kleinen, sehr lustigen Stübchen mit blauen Tapeten unter.

Nachts leide ich weiter unter Schlaflosigkeit, aber morgens fehlt mir der gute Mut, und ich höre meine Frau nicht an, sondern bleibe im Bett liegen. Ich schlafe nicht und liege in einem schlafähnlichen Zustand, in halber Bewußtlosigkeit, wo man weiß, daß man nicht schläft und doch Träume hat. Mittags stehe ich auf und setze mich gewohnheitsmäßig an meinen Tisch, arbeite aber nicht mehr, sondern zerstreue mich mit den französischen Heftchen in den gelben Umschlägen, die mir Katja schickt. Natürlich wäre es patriotischer, russische Autoren zu lesen, aber, offen gestanden, ich besitze keine besondere Zuneigung zu ihnen. Zwei, drei ältere Dichter ausgenommen, scheint mir die ganze zeitgenössische Literatur keine Literatur, sondern eine

Art Hausindustrie zu sein, die man nur unterstützt, weil sie vorhanden ist, deren Erzeugnisse man aber ungern benutzt. Selbst das beste Erzeugnis der Hausindustrie kann man nicht bedeutend nennen, man kann es auch nicht ohne »aber« aufrichtig loben; das gleiche ist von all den literarischen Neuigkeiten zu sagen, die ich in den letzten zehn bis fünfzehn Jahren durchgelesen habe: keine einzige war bedeutend und ohne ein »aber«; sie war entweder klug, edel, aber nicht talentiert; talentiert, edel, aber nicht klug, oder endlich talentiert, klug, aber nicht edel.

Ich will nicht behaupten, daß die französischen Bücher talentiert, klug und edel wären. Auch sie befriedigen mich nicht. Aber sie sind nicht so fad wie die russischen, und nicht selten findet man in ihnen das Hauptelement schöpferischer Tätigkeit, das Gefühl persönlicher Freiheit, das es bei russischen Autoren nicht gibt. Ich erinnere mich an keine einzige Neuerscheinung, in der der Autor sich nicht von der ersten Seite an bemühte, sich aus allen Gewissenskonflikten herauszuhalten. Einer fürchtet sich, vom nackten Körper zu sprechen, der andere bindet sich Hände und Füße durch eine psychologische Analyse, der dritte braucht ein »warmes Verhältnis zum Menschen«, der vierte schmiert ganze Seiten voll von Naturbeschreibungen, um nicht der Tendenzschriftstellerei verdächtigt zu werden ... Einer will in seinen Erzeugnissen unbedingt Kleinbürger sein, der andere unbedingt Adliger und so weiter. Absicht, Vorsicht, Bedachtsamkeit herrschen, aber keine Freiheit, kein Mannestum, zu schreiben, wie es einem beliebt, und folglich gibt es auch keine schöpferische Tätigkeit.

All das bezieht sich auf die sogenannte schöne Literatur.

Was nun die ernsten russischen Artikel zum Beispiel über

Soziologie und Kunst betrifft, so lese ich sie einfach aus Ängstlichkeit nicht. In meiner Kindheit und Jugend hatte ich aus irgendeinem Grunde Angst vor Pförtnern und Theaterdienern, und diese Angst ist mir bis heute geblieben. Ich fürchte sie jetzt noch. Man sagt, nur das erscheine schrecklich, was unbegreiflich sei. Und tatsächlich ist sehr schwer zu begreifen, aus welchem Grunde Pförtner und Theaterdiener so würdevoll, aufgeblasen, so majestätisch-unhöflich sind. Wenn ich ernste Artikel lese, fühle ich genau die gleiche unbestimmte Angst. Die ungewöhnliche Würde, der herablassende Generalston, der familiäre Umgang mit ausländischen Autoren, die erhabene Kunst, leeres Stroh zu dreschen – all das ist mir unbegreiflich, angsteinflößend, alles das gleicht nicht der Bescheidenheit und dem vornehm-ruhigen Ton, an den ich durch die Lektüre unsrer schriftstellernden Ärzte und Naturwissenschaftler gewöhnt bin. Nicht nur Artikel, sogar von ernsthaften Russen vorgenommene oder redigierte Übersetzungen zu lesen fällt mir schwer. Der hochnäsige, wohlwollende Ton der Vorworte, die Unmasse Anmerkungen des Übersetzers, die mich an der Konzentration hindern, Fragezeichen und »sic!« in Klammern, die der Übersetzer in dem Artikel oder das ganze Buch hindurch freigebig angebracht hat, kommen mir vor wie ein Anschlag auf die Persönlichkeit des Autors und auf meine Selbständigkeit als Leser.

Ich war einmal Experte bei einem Kreisgericht; in der Verhandlungspause lenkte einer der Kollegen meine Aufmerksamkeit auf das grobe Benehmen des Staatsanwalts gegen die Angeklagten, unter denen zwei gebildete Frauen waren. Mir scheint, ich übertrieb nicht, als ich dem Kollegen antwortete, das Benehmen sei nicht gröber, als es die

Verfasser ernster Artikel gegeneinander zeigten. Tatsächlich ist dieses Verhalten so roh, daß man nur mit einem drückenden Gefühl darüber sprechen kann. Sie verhalten sich gegeneinander und gegen die Schriftsteller, die sie kritisieren, entweder, ohne die eigene Würde zu wahren, übermäßig ehrerbietig, oder sie gehen umgekehrt viel schärfer vor, als ich es in diesen Aufzeichnungen und Gedanken mit meinem zukünftigen Schwiegersohn Gnecker tue. Beschuldigungen der Unzurechnungsfähigkeit, unsauberer Absichten und sogar jeder Art von Kriminalverbrechen bilden den gewöhnlichen Zierat der ernsten Artikel. Das aber ist, wie sich junge Ärzte in ihren Artikeln auszudrücken lieben, die Ultima ratio! Ein solches Verhalten muß sich natürlich in den Sitten der jungen Schriftstellergeneration widerspiegeln, und ich wundere mich durchaus nicht, daß in den Neuerscheinungen unsrer schönen Literatur während der letzten zehn bis fünfzehn Jahre die Helden soviel Schnaps trinken und die Heldinnen nicht hinreichend keusch sind.

Ich lese also französische Bücher und blicke durch das offene Fenster; ich kann die Spitzen meines Staketenzaunes und einige dünne Bäumchen sehen – und weiter hinter dem Zaun Weg, Feld und dann den breiten Streifen eines Kiefernwaldes. Oft freue ich mich, wenn zwei Kinder, Junge und Mädchen, beide hellblond und zerlumpt, auf den Zaun krabbeln und über meine Glatze lachen. In ihren leuchtenden Äuglein lese ich: »Komm her, du Kahlkopf!« Das sind beinahe die einzigen Wesen, die meine Berühmtheit und mein Rang nicht kümmert.

Besucher kommen jetzt nicht mehr täglich zu mir. Ich will nur die Besuche von Nikolaj und Pjotr Ignatjewitsch erwähnen. Nikolaj kommt gewöhnlich feierlich zu mir, angeblich zu einer bestimmten Sache, aber eigentlich mehr, um mich wiederzusehen. Er kommt ziemlich angeheitert, was im Winter niemals der Fall ist.

»Was hast du?« frage ich ihn, indem ich in den Flur gehe.

»Euer Exzellenz!« sagt er, drückt die Hand aufs Herz und blickt mich mit dem Entzücken eines Verliebten an. »Euer Exzellenz! Strafe mich Gott! Erschlage mich der Blitz auf der Stelle! Gaudeamus igitur juvenestus!«

Und er küßt mich gierig auf Schultern, Ärmel, Knöpfe.

»Steht drin bei uns alles gut?« frage ich.

»Ew. Exzellenz! Ich schwöre beim wahren ...«

Er hört nicht auf, ohne jede Not Gott anzurufen, wird mir bald lästig, und ich schicke ihn in die Küche, wo man ihm zu essen gibt. Pjotr Ignatjewitsch kommt auch feierlich, ausgesprochen in der Absicht, mich zu besuchen und Gedanken mit mir auszutauschen. Er sitzt gewöhnlich an meinem Tisch, bescheiden, sauber, vernünftig und kann sich nicht entschließen, ein Bein über das andere zu schlagen oder sich auf den Tisch zu stützen; und die ganze Zeit über erzählt er mir in einem leisen gleichmäßigen Tonfall eintönig wie ein Buch seiner Meinung nach sehr interessante und pikante Neuigkeiten, die er in Zeitschriften und Büchern gelesen hat. Diese Neuigkeiten gleichen alle einander und sind vom folgenden Typus: ein Franzose macht eine Entdeckung, ein anderer, ein Deutscher, überführt ihn und beweist, daß diese Entdeckung schon im Jahre 1870 von einem Amerikaner gemacht wurde, und ein Dritter, auch ein Deutscher, übertrumpft alle beide und weist nach, sie hätten sich beide blamiert, indem sie unter dem Mikroskop Luftkügelchen für dunkles Pigment hielten. Selbst wenn Pjotr Ignatjewitsch mich zum Lachen bringen will, erzählt er lang, umständlich, als ob er eine Dissertation verteidige, mit genauem Zitieren der literarischen Quellen, auf die er sich stützt, und ist bemüht, sich weder bei den Daten noch bei den Nummern der Zeitschriften, noch bei den Personennamen zu irren und nicht einfach Petit, sondern unbedingt Jacques Petit zu sagen. Es kommt vor, daß er bei uns zum Essen bleibt, und dann erzählt er während des ganzen Mittagessens immer dieselben pikanten Histörchen, und bringt den ganzen Tisch zur Verzweiflung. Wenn Gnecker und Lisa die Rede in seiner Gegenwart auf Fugen und Kontrapunkt bringen, auf Brahms und Bach, senkt er verschämt die Augen und ist betreten; er schämt sich, daß in Anwesenheit so ernsthafter Leute wie ihm und mir über abgeschmackte Dinge gesprochen wird.

In meiner gegenwärtigen Stimmung genügen fünf Minuten, ihn mir so überdrüssig zu machen, als sähe und hörte ich ihn schon eine Ewigkeit. Dann hasse ich den armen Kerl. Von seiner leise dahinfließenden Stimme, von seiner Büchersprache wird mir schwach, seine Erzählungen verblöden mich ... Er bringt mir die allerbesten Gefühle entgegen und spricht mit mir nur, um mir ein Vergnügen zu bereiten, und ich zahle ihm damit heim, daß ich ihn hartnäkkig anblicke, als wolle ich ihn hypnotisieren, und daß ich denke: »Geh nur weg, geh weg, geh weg ...« Aber er reagiert nicht auf Gedankenübertragung und sitzt, sitzt ...

Solang er bei mir sitzt, kann ich von dem Gedanken nicht loskommen: »Leicht möglich, daß man ihn an meine Stelle setzt, wenn ich tot bin«, und mein armes Auditorium kommt mir vor wie eine Oase, in der die Quelle ausgetrocknet ist; und dann werde ich zu Pjotr Ignatjewitsch unliebenswürdig, schweigsam, mürrisch, wie wenn er an diesen

Gedanken schuld wäre und nicht ich. Wenn er gewohnheitsmäßig die deutschen Gelehrten über den grünen Klee zu loben beginnt, scherze ich nicht mehr gutmütig wie früher, sondern brumme mürrisch: »Ihre Deutschen sind Esel ...«

Das erinnert mich daran, wie der verstorbene Nikita Krylow, als er einmal in Reval mit Pirogow badete und sich über das Wasser ärgerte, weil es sehr kalt war, losschimpfte: »Die Deutschen sind Schufte!« Ich benehme mich Pjotr Ignatjewitsch gegenüber schlecht, und erst wenn er weggeht und ich durchs Fenster sehe, wie sein grauer Hut hinter dem Staketenzaun zum Vorschein kommt, verlangt mich, ihn anzurufen und ihm zu sagen: »Verzeihen Sie mir, mein Lieber!«

Das Mittagessen verläuft jetzt noch langweiliger als im Winter. Der ewige Gnecker, den ich schon hasse und verachte, ist fast täglich bei uns. Früher duldete ich seine Gegenwart schweigend, jetzt aber richte ich Sticheleien an seine Adresse, die meine Frau und Lisa erröten lassen. In meiner Erbitterung sage ich oft einfach Sottisen und weiß nicht, warum ich sie sage. So sah ich einmal Gnecker lange verächtlich an und schoß auf einmal los:

»Der Adler mag einmal auch in den Tiefen schweben, doch niemals wird das Huhn zum Himmel sich erheben.«

Und am ärgerlichsten ist, daß sich das Huhn Gnecker als viel klüger erweist denn der Adler Professor. Da er weiß, daß meine Frau und meine Tochter auf seiner Seite stehen, hält er sich an die Taktik, auf meine Sticheleien mit herablassendem Schweigen zu antworten – »Der Alte hat augenscheinlich den Verstand verloren, was soll man mit ihm reden?« – oder gutmütig über mich zu scherzen. Man muß sich wundern, bis zu welchem Grad ein Mensch versimpeln kann! Ich träume während der ganzen Mahlzeit davon, wie Gnecker sich als Abenteurer entpuppt, wie Lisa und meine Frau ihren Irrtum einsehen und ich sie dann hänseln kann – und ähnliche abgeschmackte Gedanken zu einer Zeit, wo ich mit einem Fuße schon im Grabe stehe!

Jetzt kommt es auch zu Mißhelligkeiten, die ich früher nur vom Hörensagen kannte. So peinlich mir die Sache ist, will ich doch etwas erzählen, was sich dieser Tage nach dem Essen ereignete.

Ich sitze in meinem Zimmer und rauche eine Pfeife. Wie gewöhnlich kommt meine Frau herein, setzt sich und beginnt davon zu sprechen, wie gut es wäre, wenn ich jetzt, solange es warm ist und ich freie Zeit habe, nach Charkow führe, um dort Erkundigungen über Gnecker einzuziehen. »Gut, ich werde fahren ...« antworte ich. Zufrieden steht meine Frau auf und geht zur Tür, kehrt aber gleich wieder um und sagt: »Bei dieser Gelegenheit noch eine Bitte. Ich weiß, du wirst dich ärgern, aber es ist meine Pflicht, dich zu warnen ... Verzeih, Nikolaj Stepanytsch, aber alle unsere Bekannten und Nachbarn beginnen sich schon darüber aufzuhalten, daß du so oft bei Katja bist. Sie ist klug, gebildet, ich will es nicht bestreiten, es ist angenehm, mit ihr die Zeit zu verbringen; aber in deinen Jahren und bei deiner gesellschaftlichen Stellung ist es, weißt du, irgendwie seltsam, an ihrer Gesellschaft Vergnügen zu finden. Außerdem hat sie einen solchen Ruf, daß ...«

Das ganze Blut fließt plötzlich aus meinem Hirn zum Herzen, aus den Augen sprühen Funken, ich springe auf, fasse mich an den Kopf, stampfe mit den Füßen und schreie mit wütender Stimme: »Laßt mich in Ruhe! Laßt mich in Ruhe!«

Wahrscheinlich ist mein Gesicht schrecklich, meine Stimme unnatürlich; denn meine Frau erbleicht plötzlich und schreit mit verzweifelter Stimme laut auf. Auf unser Geschrei kommen Lisa, Gnecker, dann Jegor gelaufen ...

»Laßt mich in Ruhe!« schreie ich. »Hinaus! Verlaßt mich!«

Meine Beine werden taub, als ob sie gar nicht da wären, ich fühle, wie ich jemandem in die Arme sinke, dann höre ich kurze Zeit weinen und falle in eine Ohnmacht, die mehrere Stunden dauert.

Nun zu Katja. Sie kommt täglich gegen Abend zu mir, und natürlich bemerken das meine Nachbarn und Bekannten. Sie kommt nur auf ein Weilchen und nimmt mich zum Spazierenfahren mit. Sie hat ein eigenes Pferd und einen neuen, in diesem Sommer gekauften Wagen. Überhaupt lebt sie auf großem Fuß: Sie hat für den Sommer eine teure Einzelvilla mit großem Garten gemietet und ihre ganze städtische Einrichtung herübergenommen; sie hat zwei Mädchen und einen Kutscher ... Oft frage ich sie: »Katja, wovon willst du leben, wenn du die väterlichen Gelder durchgebracht hast?«

»Das wird sich schon finden«, antwortet sie.

»Mit diesem Geld, meine Liebe, muß man achtsam umgehen. Ein guter Mensch hat es durch ehrliche Arbeit erworben.«

»Davon sprachen Sie bereits. Ich weiß es.«

Zunächst fahren wir durch Felder, dann durch den Kiefernwald, den ich von meinem Fenster aus sehe. Die Natur erscheint mir wie stets wunderschön, obwohl ein Teufel mir zuflüstert, daß diese Kiefern und Tannen, Vögel und weißen Wolken am Himmel nach drei oder vier Monaten, wenn ich sterbe, mich nicht vermissen werden. Katja hat Spaß am Kutschieren, das schöne Wetter und meine Gesellschaft tun ihr wohl. Sie ist guter Laune und ohne Schroffheit.

»Sie sind ein sehr guter Mensch, Nikolaj Stepanytsch«, sagt sie. »Sie sind ein seltenes Exemplar. Es gibt keinen Schauspieler, der Sie darzustellen vermöchte. Mich oder zum Beispiel Michail Fjodorowitsch kann sogar ein schlechter Schauspieler spielen, Sie aber niemand. Und ich beneide Sie, beneide Sie schrecklich! Was stelle ich zum Beispiel dar? Was?«

Sie denkt einen Augenblick nach und fragt mich: »Nikolaj Stepanytsch, ich bin eine negative Erscheinung, nicht wahr?«

»Ja«, antworte ich.

»Hm ... Was soll ich tun?«

Was soll ich ihr antworten? »Arbeite« oder »Verteile deinen Besitz unter die Armen« oder »Erkenne dich selbst« ist leicht gesagt, und weil das so leicht zu sagen ist, weiß ich nicht, was ich antworten soll.

Meine Kollegen von der Medizin raten, wenn sie im Heilverfahren unterrichten, »jeden Fall zu individualisieren«. Wenn man diesen Rat befolgt, wird man finden, daß die Mittel, die in den Lehrbüchern als die besten, im Normalfall unfehlbar wirkenden empfohlen werden, für Sonderfälle ganz ungeeignet sind. Dasselbe gilt bei seelischen Leiden.

Aber ich muß etwas antworten, und so sage ich: »Meine Liebe, du hast zuviel freie Zeit. Du mußt dich mit irgend etwas beschäftigen. In der Tat, warum solltest du nicht von neuem Schauspielerin werden, wenn du den Beruf dazu hast?«

»Ich kann es nicht.«

»Du hast einen Ton und eine Art, als ob du ein Opfer wärst. Das gefällt mir nicht, meine Liebe. Du selbst bist schuld. Besinne dich, du fingst damit an, daß du dich über Menschen und Zustände ärgertest, aber du tatest nichts, die einen oder das andere zu bessern. Du kämpftest nicht mit dem Bösen, sondern wurdest müde, und du bist nicht ein Opfer des Kampfes, sondern deiner eigenen Schwäche. Nun, natürlich, damals warst du jung und unerfahren, jetzt aber kann alles anders gehen. Wirklich, handle jetzt. Du wirst dich plagen, aber der heiligen Kunst dienen!«

»Versuchen Sie nicht, mich zu überlisten, Nikolaj Stepanytsch«, unterbricht mich Katja. »Wir wollen ein für allemal abmachen: von Schauspielern, Schauspielerinnen, Schriftstellern dürfen wir sprechen, die Kunst aber lassen wir in Ruhe. Sie sind ein vortrefflicher, seltener Mann, aber Sie verstehen nicht genug von der Kunst, um sie ernstlich für heilig anzusprechen. Für die Kunst fehlen ihnen Gefühl und Instinkt. Ihr ganzes Leben lang waren Sie tätig und hatten gar nicht die Zeit, jenen Instinkt zu entwickeln. Überhaupt ... ich liebe Gespräche über Kunst nicht!« fährt sie nervös fort. »Ich liebe es nicht! Man hat sie ohnehin genug banalisiert!«

»Wer hat sie banalisiert?«

»Die einen banalisieren sie mit ihrer Trunksucht, die Zeitungen durch die familiäre Art, in der sie mit ihr umspringen, die klugen Leute durch Philosophie.«

»Die Philosophie hat hier nichts zu schaffen.«

»Doch. Wenn jemand philosophiert, so beweist er, daß er nichts kapiert.«

Damit es zu keinen Schroffheiten kommt, beeile ich mich,

das Thema zu wechseln und schweige dann lange. Erst wenn wir aus dem Wald herauskommen und auf Katjas Sommervilla zuhalten, kehre ich auf das abgebrochene Gespräch zurück und frage: »Du hast mir aber noch nicht geantwortet: Warum willst du nicht Schauspielerin werden?«

»Nikolaj Stepanytsch, das ist wirklich grausam!« schreit sie auf und wird plötzlich ganz rot. »Sie wollen, daß ich Ihnen laut die Wahrheit sage? Bitte sehr ... Sie wollen sie ja hören! Ich habe kein Talent! Habe gar kein Talent und ... und besitze viel Ehrgeiz! Das ist es!«

Nach diesem Geständnis wendet sie ihr Gesicht weg und zieht, um das Beben ihrer Hände zu verbergen, die Zügel heftig an.

Während wir uns ihrem Haus nähern, sehen wir Michail Fjodorowitsch schon von weitem, wie er am Tor auf und ab geht und uns ungeduldig erwartet.

»Schon wieder dieser Michail Fjodorowitsch!« sagt Katja ärgerlich. »Befreien Sie mich bitte von ihm! Er ist mir zuwider, ich habe ihn gründlich satt! Hol ihn der Teufel!«

Michail Fjodorowitsch sollte längst ins Ausland reisen, doch schiebt er seine Abreise von Woche zu Woche auf. In letzter Zeit sind gewisse Veränderungen in ihm vorgegangen: er sieht irgendwie zusammengefallen aus, er betrinkt sich an Wein, was früher nie vorkam, und seine schwarzen Augenbrauen fangen an zu ergrauen. Wenn unser Wagen am Tor haltmacht, verbirgt er seine Freude und Ungeduld nicht. Er hilft Katja und mir geschäftig heraus, stellt hastig Fragen, lacht, reibt seine Hände, und all das Sanfte, Flehende, Reine, das ich früher nur in seinem Blicke wahrnahm, liegt jetzt über seinem ganzen Gesicht. Er freut sich und schämt sich gleichzeitig über seine Freude, schämt sich über seine Gewohnheit, allabendlich Katja zu besuchen, und hält für nötig, sein Kommen mit irgendeinem augenscheinlichen Unsinn zu motivieren, etwa: »Ich fuhr zufällig in Besorgungen vorüber und gedachte nur auf eine Minute hereinzuschauen.«

Wir gehen alle drei ins Haus; zuerst trinken wir Tee, dann erscheinen die zwei mir längst bekannten Kartenspiele auf dem Tisch, ein großes Stück Käse, Obst und eine Flasche Schaumwein aus der Krim. Unsere Gesprächsthemen haben sich nicht geändert, es sind die gleichen wie im Winter. Es geht über die Universität und die Studenten, über die Literatur und das Theater her; die Luft wird vom Lästern dumpfer, stickiger, und nicht zwei Kröten, wie im Winter, verpesten sie, sondern ganze drei. Außer dem samtenen Baritonlachen und dem harmonikaähnlichen Gelächter hört das Dienstmädchen noch ein unangenehmes, klirrendes Lachen, wie es in den Singspielen die Generale ausstoßen: »He-he-he ...«

5

Es gibt furchtbare Nächte mit Donner, Blitz, Regen und Sturm, die im Volke »Sperlingsnächte« heißen. Eine derartige »Sperlingsnacht« gab es auch in meinem Leben.

Ich wache nach Mitternacht auf und fahre plötzlich im Bett empor. Es ist mir, als ob ich gleich sterben werde. Wie komme ich darauf? Im Körper ist keine einzige Empfindung zu spüren, die auf ein rasches Ende schließen ließe, aber meine Seele ist voll eines solchen Entsetzens, als hätte ich auf einmal eine riesige, unheilverkündende Feuersbrunst gesehen.

Ich mache schnell Licht, trinke gleich aus der Karaffe Wasser und eile ans offene Fenster. Draußen ist herrliches Wetter. Es duftet nach Heu und nach noch etwas sehr Schönem. Ich sehe die Staketen meines Gartenzaunes, die schläfrigen, hageren Bäumchen vor dem Fenster, den Weg, den dunklen Waldstreifen; am Himmel steht ein ruhiger, sehr klarer Mond, kein einziges Wölkchen. Völlige Stille, es rührt sich kein Blatt. Mir kommt es vor, als ob alles mich anschaut und lauscht, wie ich nun sterben werde.

Mir wird bange. Ich schließe das Fenster und eile zum Bett zurück. Ich fühle meinen Puls, und da ich ihn an den Handgelenken nicht finde, suche ich ihn an den Schläfen, dann am Kinn und von neuem am Handgelenk, und überall bin ich kalt und glitschig vor Schweiß. Mein Atem wird immer kürzer und kürzer, mein Körper bebt, alle Eingeweide sind in Bewegung, im Gesicht und auf der Glatze habe ich das Gefühl von Spinneweben.

Was soll ich tun? Soll ich die Meinen rufen? Nein, das ist nicht das Richtige. Ich kann mir nicht vorstellen, was meine Frau und Lisa tun würden, wenn sie zu mir hereinkämen.

Ich stecke den Kopf unters Kissen, schließe die Augen und warte, warte ... Meinen Rücken überläuft es kalt, er zieht sich gleichsam nach innen, und mich überfällt das Gefühl, der Tod schleiche unentrinnbar, ganz leise von hinten an mich heran ...

»Kiwi, Kiwi!« ertönt auf einmal ein Ruf in der nächtlichen Stille, und ich weiß nicht, wo das ist: in meiner Brust oder auf der Straße? »Kiwi – Kiwi!«

Mein Gott, wie schrecklich! Ich möchte noch Wasser trinken, aber ich habe Angst, die Augen zu öffnen, und ich fürchte mich, den Kopf zu erheben. Ein namenloser tierischer Schrecken packt mich, ich kann nicht begreifen, weswegen mir so bang ist: weil ich leben will, oder weil mich ein neuer, noch unbekannter Schmerz erwartet?

Oben über der Zimmerdecke stöhnt jemand, dann wieder lacht es ... Ich lausche. Nach einer Weile erklingen auf der Treppe Schritte. Jemand geht eilig hinunter, dann wieder hinauf. Nach einer Minute hört man die Tritte wiederum unten; jemand bleibt an meiner Tür stehen und lauscht.

»Wer ist dort?« rufe ich.

Die Tür tut sich auf, ich öffne mutig die Augen und sehe meine Frau. Ihr Gesicht ist bleich, die Augen sind verweint.

»Du schläfst nicht, Nikolaj Stepanytsch?« fragte sie.

»Was willst du?«

»Um Gottes willen komm zu Lisa und schau sie dir an. Es ist etwas mit ihr nicht in Ordnung ...«

»Gut ... gerne ...«, murmele ich, zufrieden, daß ich nicht allein bin. »Gut ... sofort.«

Ich folge meiner Frau, höre, was sie mir sagt, verstehe aber vor Aufregung nichts. Helle Flecken hüpfen vor ihrer Kerze über die Treppenstufen, unsre langen Schatten zittern, meine Beine verwickeln sich in die Falten des Schlafrocks, ich komme außer Atem und habe das Gefühl, daß etwas hinter mir herjagt und mich am Rücken packen will. »Ich werde gleich hier auf der Treppe sterben«, denke ich, »sofort ...« Aber nun haben wir die Treppe hinter uns, den dunklen Korridor mit dem italienischen Fenster, und wir treten in Lisas Zimmer. Sie sitzt im bloßen Hemd auf dem Bett, läßt die nackten Beine herabhängen und stöhnt.

»Ach, mein Gott ... ach, mein Gott!« murmelt sie, von unserm Licht geblendet. »Ich kann nicht, ich kann nicht.«

»Lisa, mein Kind«, sage ich. »Was hast du?«

Sowie sie mich sieht, schreit sie auf und wirft sich mir an den Hals. »Mein guter Papa«, schluchzt sie, »mein bester Papa. Mein Liebling ... Ich weiß nicht, was mit mir ist ... Mir ist so schwer!«

Sie umarmt und küßt mich und stammelt Liebkosungen, die ich von ihr nicht mehr hörte, seit sie ein Kind war.

»Beruhige dich, mein Kind, Gott ist mit dir!« sage ich. »Du brauchst nicht zu weinen. Mir ist selbst schwer genug.«

Ich bemühe mich, sie zuzudecken, meine Frau gibt ihr zu trinken, und wir machen uns beide um das Bett herum zu schaffen, wir stoßen mit den Schultern zusammen und da fällt mir ein, wie wir früher miteinander unsere Kinder badeten.

»Hilf ihr doch, hilf ihr!« fleht meine Frau. »Tue irgend etwas!«

Was kann ich denn tun? Nichts kann ich tun. Auf Lisas Seele liegt irgendeine Last, aber ich begreife nichts davon, weiß nichts und kann nur murmeln: »Nichts, nichts ... Das wird schon vergehen ... Schlaf nur, schlaf ...«

Als ob es dazugehöre, ertönt plötzlich auf unserm Hofe Hundegeheul, anfangs leise und unentschlossen, dann laut, zweistimmig. Ich habe niemals Vorzeichen wie Hundegeheul oder Eulenschrei ernst genommen, doch jetzt preßt sich mein Herz qualvoll zusammen, und ich versuche, mir dies Geheul zu erklären. »Unsinn ...«, denke ich. »Einwirkung eines Organismus auf den andern. Meine heftige Nervosität übertrug sich auf meine Frau, auf Lisa, auf den Hund, das ist alles ... Durch solche Übertragungen erklären sich die Ahnungen und Vorgesichte ...«

Wie ich nach einer Weile in mein Zimmer zurückkehre, um ein Rezept für Lisa zu schreiben, denke ich nicht mehr ans Sterben, aber meine Seele ist schwer und qualbedrückt, und es tut mir sogar leid, daß ich nicht schon gestorben bin. Lange stehe ich unbeweglich im Zimmer und überlege, was ich wohl Lisa verschreiben solle, aber das Stöhnen über der Decke verstummt allmählich, ich entschließe mich, nichts zu verschreiben, und stehe dennoch da ...

Es herrscht Totenstille, eine solche Stille, daß sie, wie sich einmal ein Schriftsteller ausdrückte, sogar in den Ohren klingt. Die Zeit vergeht langsam, die Streifen des Mondlichts auf dem Fensterbrett verändern ihre Lage nicht, sie sind wie erstarrt. Die Morgendämmerung wird nicht so bald kommen.

Aber nun knarrt die Gartentür, jemand schleicht näher, bricht von einem der hageren Bäumchen ein Zweiglein ab und klopft damit vorsichtig an das Fenster.

»Nikolaj Stepanytsch!« höre ich ein Flüstern. »Nikolaj Stepanytsch!«

Ich öffne das Fenster und mir ist, als sähe ich einen Traum: An die Wand gedrückt steht unter dem Fenster eine Frau in schwarzem Kleide, grell vom Mond beschienen, und sieht mich mit großen Augen an. Ihr Gesicht ist blaß, streng, sonderbar, wie marmorn sieht es im Mondschein aus, ihr Kinn bebt.

»Ich bin's ...«, sagt sie, »ich ... Katja!«

Bei Mondlicht sehen alle Frauenaugen groß und schwarz aus, die Menschen größer und blasser, und das ist wohl auch der Grund, warum ich sie nicht gleich erkannte.

»Was fehlt dir?«

»Verzeihen Sie«, sagt sie. »Mir wurde plötzlich unerträglich schwer zumute ... Ich hielt es nicht aus und kam hierher. In Ihrem Fenster war Licht ... und ich entschloß mich, anzuklopfen ... Entschuldigen Sie ... Ach, wenn Sie wüßten, wie schwer mir war. Was tun Sie jetzt?«

»Nichts. Ich kann nicht schlafen.«

»Ich hatte irgendein Vorgefühl. Aber das ist ja Unsinn.«

Sie zieht die Augenbrauen in die Höhe, ihre Augen schimmern von Tränen, und über ihrem ganzen Gesicht liegt wie ein heller Schein der mir so wohlbekannte, seit langem nicht mehr gesehene Ausdruck des Vertrauens.

»Nikolaj Stepanytsch!« sagte sie flehentlich und streckt mir beide Hände entgegen. »Mein Teurer, ich bitte Sie ... ich flehe Sie an ... Wenn Sie meine Freundschaft nicht verachten und meine Verehrung für Sie, so erhören Sie meine Bitte!«

»Was gibt es denn?«

»Nehmen Sie mein Geld!«

»Nun, was hast du dir da ausgedacht! Wozu brauche ich dein Geld?«

»Sie sollen irgendwohin zur Kur fahren. Sie müssen sich kurieren. Nehmen Sie es? Ja? Mein Lieber, ja?«

Sie blickt gespannt in mein Gesicht und wiederholt.

»Ja? Nehmen Sie es?«

»Nein, mein Kind, ich nehme es nicht«, sage ich. »Danke.«

Sie kehrt mir den Rücken zu und senkt den Kopf. Wahrscheinlich lehnte ich in einem Tone ab, der keine weiteren Gespräche über Geld zuließ.

»Fahre heim und schlafe«, sage ich. »Morgen werden wir uns wiedersehen.«

»Also legen Sie keinen Wert auf meine Freundschaft?« fragt sie niedergeschlagen.

»Das sage ich doch nicht. Aber dein Geld brauche ich jetzt nicht.«

»Verzeihen Sie ...«, sagt sie und senkt ihre Stimme um eine ganze Oktave. »Ich verstehe Sie ... Schulden machen bei einem Menschen wie mir ... bei einer verkrachten Schauspielerin ... Leben Sie wohl ...«

Und sie geht so rasch fort, daß ich ihr nicht einmal Lebewohl sagen kann.

6

Ich bin in Charkow.

Weil es aussichtslos ist, gegen meinen jetzigen Zustand anzukämpfen, und ich auch nicht mehr die Kraft dazu habe, nehme ich mir vor, meine letzten Lebenstage wenigstens formal tadellos zu beschließen; bin ich meiner Familie gegenüber im Unrecht, was ich in jedem Betracht zugebe, so will ich mich bemühen, ganz nach ihren Wünschen zu handeln. Muß ich nach Charkow fahren, so fahre ich eben. Außerdem bin ich in letzter Zeit allem gegenüber so gleichgültig geworden, daß mir vollkommen einerlei ist, wohin ich reise, ob nach Charkow oder nach Paris oder nach Berditschew.

Ich kam um zwölf Uhr mittags hier an und stieg in einem Gasthaus nicht weit von der Kathedrale ab. Im Waggon wurde ich tüchtig durcheinandergerüttelt, vom Zugwind durchgeblasen, und nun sitze ich auf dem Bett, halte mir den Kopf und warte auf den Tick. Ich müßte heute noch zu dem mir bekannten Professoren fahren, aber ich habe keine Lust und keine Kraft dazu.

Der alte Zimmerkellner kommt herein und fragt, ob ich

Bettwäsche mithabe. Ich halte ihn fünf Minuten auf und stelle ihm einige Fragen in bezug auf Gnecker, dessentwegen ich hierhergereist bin. Der Kellner ist aus Charkow gebürtig, kennt die Stadt wie seine Hosentasche, besinnt sich aber durchaus nicht auf ein Haus, das einer Familie Gnecker gehört. Ich erkundige mich nach dem Gute – das gleiche Ergebnis.

Im Korridor schlägt die Uhr eins, dann zwei, dann drei ... Diese letzten Lebensmonate, in denen ich auf meinen Tod warte, erscheinen mir viel länger als mein ganzes Leben. Und niemals verstand ich früher, mich so mit der Langsamkeit der Zeit abzufinden wie jetzt. Wenn ich früher auf dem Bahnhof auf den Zug warten mußte oder Examen hielt, schien eine Viertelstunde eine Ewigkeit zu dauern, jetzt dagegen kann ich die ganze Nacht unbeweglich auf dem Bette sitzen und völlig gleichmütig darüber nachdenken, daß morgen eine ebenso lange farblose Nacht sein werde, und ebenso übermorgen ...

Im Korridor schlägt es fünf, sechs, sieben ... Es wird dunkel.

Ich fühle einen dumpfen Schmerz in der Wange – nun beginnt der Tick. Um meine Gedanken abzulenken, stelle ich mich auf meinen früheren Standpunkt, als mir noch nicht alles gleichgültig war, und frage: Warum sitze ich, ein berühmter Mann, ein Geheimrat, in einem kleinen Hotelzimmer, auf diesem Bett mit der fremden grauen Decke? Warum sehe ich dieses billige Waschbecken aus Blech an und lausche, wie im Korridor die elende Uhr schlägt? Ist das alles etwa meines Ruhmes und meiner hohen Stellung unter den Menschen würdig? Und ich beantworte die Fragen mit einem spöttischen Lächeln. Wie lächerlich erscheint mir die Naivität, mit der ich einst in meiner Jugend die Bedeutung des Ruhms, der Ausnahmestellung überschätzte, welche berühmte Leute angeblich genießen. Ich bin berühmt, mein Name wird mit Ehrfurcht genannt, mein Bild war in der »Niwa« und der »Weltillustration«, meine Biographie hab ich sogar in einer deutschen Zeitschrift gelesen – und was folgt daraus? Ich sitze mutterseelenallein in einer fremden Stadt, auf einem fremden Bett und reibe mit der Handfläche meine kranke Backe ... Häuslicher Kleinkram, die Unbarmherzigkeit der Gläubiger, die Grobheit der Eisenbahnangestellten, die Scherereien mit dem Paß, das kostspielige, ungesunde Essen an den Büfetts der Wartesäle, die allgemeine Ungeschliffenheit und Grobheit im Verkehr – alles das und vieles andere, was aufzuzählen zu lange dauern würde, trifft mich nicht minder als einen x-beliebigen Kleinbürger, der nur in seiner Gasse bekannt ist. Worin besteht also meine Ausnahmestellung?

Zugegeben, daß ich tausendfach berühmt, daß ich ein Held bin, auf den mein Vaterland stolz ist, daß man in allen Zeitungen Bulletins über meine Krankheit druckt, daß mir durch die Post schon teilnahmsvolle Schreiben von Kollegen, Schülern und aus dem Publikum zugehen, alles das verhindert nicht, daß ich auf einem fremden Bett, voll Kummer, in völliger Einsamkeit sterbe ... Natürlich ist niemand daran schuld, aber ich sündiger Mensch liebe nun einmal die Popularität meines Namens nicht. Mir kommt es vor, als hätte sie mich betrogen.

Etwa um zehn Uhr schlummere ich ein und schlafe trotz meines Ticks fest, und ich hätte lange geschlafen, wenn man mich nicht aufweckte. Kurz nach ein Uhr wird an meine Tür geklopft.

»Wer ist da?«

»Ein Telegramm!«

»Das hättet ihr bis morgen lassen können«, sage ich ärgerlich, während ich vom Zimmerkellner das Telegramm entgegennehme. »Ein zweitesmal werde ich nicht einschlafen.«

»Verzeihung, Herr. Bei Ihnen brannte Licht, ich glaubte, daß Sie nicht schlafen.«

Ich öffne das Telegramm und sehe zuerst auf die Unterschrift: es kommt von meiner Frau. Was will sie?

»Gestern hat sich Gnecker heimlich mit Lisa trauen lassen. Kehre zurück.«

Ich lese dieses Telegramm und erschrecke nur für einen Augenblick. Nicht die Handlungsweise Gneckers und Lisas erschreckt mich, sondern die Gleichgültigkeit, mit der ich die Nachricht von ihrer Heirat aufnehme. Man sagt, Philosophen und wahre Weise seien gleichgültig. Nein, Gleichgültigkeit ist die Paralyse der Seele, der vorzeitige Tod.

Von neuem lege ich mich zu Bett und überlege, womit ich meine Gedanken beschäftigen soll. Woran soll ich denken? Alles scheint bereits durchdacht zu sein, und es gibt nichts, was jetzt fähig wäre, meine Gedanken anzuregen. Als der Morgen dämmert, sitze ich im Bett, halte mit beiden Händen die Knie umklammert und versuche, da ich nichts zu tun habe, mich selbst zu erkennen. »Erkenne dich selbst« ist ein wunderschöner und nützlicher Rat, nur schade, daß die Alten nicht darauf verfallen sind, uns mitzuteilen, wie man von diesem Rat Gebrauch machen soll.

Wenn mich früher die Lust anwandelte, jemand anders oder mich selbst zu begreifen, so zog ich nicht die Handlungen, bei denen alles bedingt ist, in Erwägung, sondern die Wünsche. Sage mir, was du willst, und ich sage dir, wer du bist.

Und jetzt prüfe ich mich: Was will ich?

Ich will, daß unsere Frauen, Kinder, Freunde und Schüler in uns nicht den Namen und nicht die Etikette lieben, sondern einfach den Menschen. Was noch? Ich möchte Gehilfen und Nachfolger haben. Was noch? Ich möchte nach etwa hundert Jahren aufwachen und wenigstens mit einem Auge ansehen können, was aus der Wissenschaft geworden ist. Ich möchte noch etwa zehn Jahre leben ... Was weiter?

Doch weiter nichts. Ich denke, denke lange nach und kann mir nichts ausdenken. Und wieviel ich auch ausdenke und wohin auch meine Gedanken schweifen, mir ist klar, daß meinen Wünschen etwas Wesentliches, etwas sehr Wichtiges fehlt. In meiner leidenschaftlichen Liebe zur Wissenschaft, in meinem Wunsche zu leben, in diesem Sitzen auf einem fremden Bett und in dem Streben, mich selbst zu erkennen, in den Gedanken, Gefühlen und Begriffen, die ich mir bilde, fehlt ein Allgemeines, das alles dies zu einem Ganzen verbindet. Jedes Gefühl, jeder Gedanke lebt in mir abgesondert, und in meinen Urteilen über Wissenschaft, Theater, Literatur, Schüler und in den kleinen Bildern, die mir meine Phantasie malt, wird selbst der erfahrenste Analytiker nicht das finden, was man eine allgemeine Idee oder den Gott des lebendigen Menschen nennt.

Und wenn das fehlt, so ist überhaupt nichts da.

Bei einer solchen Armut genügen ernstliche Krankheit, Todesfurcht, Eindrücke von Umständen und Menschen, damit alles, was ich früher für meine Weltanschauung hielt und worin ich den Sinn und die Freude meines Lebens erblickte, durcheinanderwirbelt und in Fetzen davonfliegt.

Es ist daher gar nicht verwunderlich, daß die letzten Monate meines Lebens durch Gedanken und Gefühle verdunkelt wurden, die eines Sklaven und Barbaren würdig sind, daß ich jetzt gleichgültig bin und die Morgendämmerung nicht wahrnehme. Wenn im Menschen nicht das lebt, was höher und stärker als alle äußeren Umstände ist, dann freilich genügt für ihn ein ordentlicher Schnupfen, um das Gleichgewicht zu verlieren und in jedem Vogel eine Eule zu sehen, in jedem Laut Hundegeheul zu hören. Und sein ganzer Pessimismus oder Optimismus samt seinen großen und kleinen Gedanken haben nur noch die Bedeutung von Symptomen und sonst nichts.

Ich bin besiegt. Wenn dem so ist, besteht kein Anlaß, weiterhin nachzudenken, kein Grund, weiterhin zu diskutieren. Ich werde sitzen und schweigend erwarten, was kommt.

Am Morgen bringt mir der Zimmerkellner Tee und die Nummer des Lokalblattes. Mechanisch lese ich die Mitteilungen auf der ersten Seite, durch den Leitartikel, die Auszüge aus Zeitungen und Zeitschriften; die Tageschronik ... Unter anderm finde ich in der Chronik folgende Mitteilung: »Gestern traf mit dem Kurierzug in Charkow unser berühmter Gelehrter, der hochverdiente Professor Nikolaj Stepanytsch Soundso ein und stieg in dem und dem Gasthause ab.«

Anscheinend sind die bedeutenden Namen dazu bestimmt, selbständig, abgesondert von denen zu leben, die sie tragen. Jetzt geht mein Name ungestört in Charkow spazieren; in etwa drei Monaten wird er mit goldenen Lettern auf einem Grabdenkmal stehen und wie die Sonne glänzen – zu einer Zeit, da ich schon mit Erde bedeckt sein werde ...

Leichtes Klopfen an der Tür. Jemand will zu mir.

»Wer ist dort? Herein!«

Die Tür tut sich auf. Verwundert weiche ich einen Schritt zurück und schlage geschwind die Schöße meines Schlafrockes übereinander. Vor mir steht Katja.

»Guten Tag«, sagt sie, vom Treppensteigen noch schwer atmend. »Sie haben mich nicht erwartet? Ich bin auch ... bin auch hierhergekommen.«

Sie setzt sich hin und fährt fort, stotternd, ohne mich anzusehen: »Was begrüßen Sie mich denn nicht? Ich bin auch hergekommen ... heute ... Erfuhr, daß Sie in diesem Gasthaus sind, und kam zu Ihnen.«

»Freue mich sehr, dich zu sehen«, sage ich und zucke die Achseln, »aber ich bin erstaunt ... Du bist wie vom Himmel gefallen. Was tust du hier?«

»Ich? So ... ich machte mich einfach auf und fuhr her.«

Schweigen. Plötzlich steht sie hastig auf und kommt näher zu mir.

»Nikolaj Stepanytsch!« sagt sie erbleichend und die Hände an die Brust drückend. »Nikolaj Stepanytsch! Ich kann so nicht länger leben! Ich kann es nicht! Um Gottes willen, sagen Sie mir so rasch wie möglich, sofort, was soll ich tun? Sagen Sie, was soll ich tun?«

»Was kann ich sagen?« antworte ich zögernd. »Nichts kann ich sagen.«

»Sagen Sie es doch, ich flehe Sie an!« fährt sie fort, außer Atem und am ganzen Leibe zitternd. »Ich schwöre Ihnen, daß ich so nicht länger leben kann! Es geht über meine Kraft.«

Sie sinkt auf einen Stuhl und beginnt zu schluchzen. Sie hat den Kopf zurückgeworfen, ringt die Hände, stampft mit den Füßen; ihr Hut ist vom Kopf gefallen und baumelt am Gummiband, die Frisur ist zerzaust.

»Helfen Sie mir! Helfen Sie!« fleht sie. »Ich kann nicht mehr!«

Sie nimmt aus ihrem Reisetäschchen ein Taschentuch und zieht mit ihm zusammen einige Briefe heraus, die von ihren Knien auf den Fußboden fallen. Ich sammle sie vom Fußboden auf und erkenne auf einem der Briefe die Handschrift Michail Fjodorowitschs und lese unabsichtlich das Bruchstück eines Wortes »leidenscha ...«

»Ich kann dir nichts sagen, Katja.«

»Helfen Sie doch!« schluchzt sie, ergreift meine Hand und küßt sie. »Sie sind doch mein Vater, mein einziger Freund! Sie sind doch klug, gebildet, haben lange gelebt! Sie waren Lehrer! Sagen Sie mir: was soll ich tun?«

»Auf Ehre und Gewissen, Katja, ich weiß es nicht.«

Ich verliere völlig den Kopf, so verwirrt und rührt mich ihr Schluchzen, und kann kaum auf den Beinen stehen.

»Komm, Katja, laß uns frühstücken«, sage ich, angespannt lächelnd. »Genug geweint!«

Und alsbald füge ich mit gesenkter Stimme hinzu.

»Ich werde nicht mehr lange leben, Katja ...«

»Wenigstens ein Wort, wenigstens ein Wort!« sagt sie weinend und streckt mir ihre Hände entgegen. »Was soll ich tun?«

»Seltsames Ding, wirklich ...«, murmele ich. »Ich verstehe nicht! Eine so kluge Person, und plötzlich – da hast du's nun! Bist ins Weinen gekommen ...«

Es herrscht Schweigen. Katja richtet ihre Frisur, setzt den Hut auf, knüllt dann die Briefe zusammen und steckt sie in ihr Täschchen – alles das tut sie schweigend und langsam.

Gesicht, Brust und Handschuhe sind von Tränen feucht, aber ihr Gesichtsausdruck ist nüchtern und herb ... Ich sehe sie an und schäme mich, daß ich glücklicher bin als sie. Ich habe die Abwesenheit dessen, was meine Kollegen, die Philosophen, eine allgemeine Idee nennen, erst jetzt am Ende meiner Lebenstage bemerkt, nicht lange vor dem Tode; aber die Seele dieser armen Kreatur kannte ihr Leben lang, ihr ganzes Leben lang, keine Zuflucht und wird sie auch nie finden!

»Komm frühstücken, Katja«, sage ich.

»Nein, danke«, antwortet sie kühl.

Noch eine Minute vergeht in Stillschweigen.

»Charkow gefällt mir nicht«, sage ich. »Es ist gar zu farblos. Was für eine farblose Stadt.«

»Ja. Freilich ... Unschön ... Ich bleibe nicht lange hier ... Bin auf der Durchreise. Heute noch fahr ich ab.«

»Wohin?«

»In die Krim ... das heißt in den Kaukasus.«

»So. Auf lange?«

»Ich weiß es nicht.«

Katja steht auf; kühl lächelnd, ohne mich anzusehen, streckt sie mir die Hand entgegen.

Ich habe Lust, sie zu fragen: »Du wirst also bei meinem Begräbnis nicht da sein?« Aber sie sieht mich nicht an, ihre Hand ist kalt und fremd. Ich geleite sie schweigend zur Tür. Nun hat sie mich verlassen, sie geht über den langen Korridor, ohne sich umzusehen. Sie weiß, daß ich ihr nachschaue, wahrscheinlich wird sie sich an der Ecke umsehen.

Nein, sie hat sich nicht umgesehen. Zum letzten Male ist das schwarze Kleid davongehuscht, die Tritte sind verklungen ... Leb wohl, mein Liebling!

Anna am Halse

I

Nach der Trauung gab es nicht einmal einen kleinen Imbiß; die Jungvermählten tranken ein Glas Wein, zogen sich um und fuhren zum Bahnhof. Statt eines fröhlichen Hochzeitsfestes und eines Abendessens, statt Musik und Tanz – eine Wallfahrt von zweihundert Werst. Viele billigten das und sagten, Modest Alexejitsch habe schon einen hohen Dienstrang und sei nicht mehr jung, eine lärmende Hochzeit könne da vielleicht nicht als besonders schicklich gelten; außerdem stimme die Musik wehmütig, wenn ein Beamter von zweiundfünfzig Jahren ein Mädchen heiratet, das gerade erst achtzehn geworden ist. Viele meinten auch, Modest Alexejitsch habe als ein Mensch mit Prinzipien diese Fahrt ins Kloster absichtlich unternommen, um seiner jungen Frau begreiflich zu machen, daß er auch in der Ehe in erster Linie auf Religion und Sittlichkeit achten werde.

Man brachte die Jungvermählten zum Bahnhof. Eine ganze Schar von Kollegen und Verwandten stand mit Weingläsern da und wartete darauf, daß sich der Zug in Bewegung setzte, um dann hurra zu schreien, und der Vater, Pjotr Leontjitsch, in Zylinder und Lehrerfrack, schon betrunken und sehr blaß, reckte sich mit seinem Weinglas immer wieder zu dem Abteilfenster hoch und sagte flehentlich: »Anjuta! Anja! Anja, nur noch auf ein Wort!«

Anja beugte sich aus dem Fenster zu ihm herab, und er flüsterte ihr etwas zu, wobei ihr ein Geruch von Wein entgegenschlug, er pustete ihr ins Ohr, doch es war nichts zu verstehen, und bekreuzigte ihr Gesicht, ihre Brust und ihre Hände; er röchelte beim Atmen, und in seinen Augen glänzten Tränen. Anjas Brüder, die beiden Gymnasiasten Petja und Andrjuscha, zogen ihn hinten am Frack und flüsterten verwirrt: »Papa, laß doch ... Papa, hör doch auf ...«

Als sich der Zug in Bewegung setzte, sah Anja, wie der Vater noch ein Stückchen hinter dem Wagen herlief, er schwankte, verschüttete seinen Wein und hatte ein mitleiderregendes, liebes, schuldbewußtes Gesicht.

»Hurraaaa!« schrie er.

Die Jungvermählten waren allein. Modest Alexejitsch sah sich im Abteil um, verteilte die Sachen auf die Gepäcknetze und setzte sich lächelnd seiner Frau gegenüber. Er war Beamter, nicht sehr groß, recht füllig, rundlich und wohlgenährt, er hatte einen langen Backenbart, aber keinen Schnurrbart, und sein glattrasiertes, rundes, ausgeprägtes Kinn ähnelte einer Ferse. Das Charakteristischste an seinem Gesicht war der fehlende Schnurrbart, war diese frischrasierte kahle Stelle, die ganz allmählich in die feisten, wie Gelee zitternden Wangen überging. Er benahm sich würdevoll, seine Bewegungen waren gemessen und seine Manieren voller Sanftmut.

»Ich kann nicht umhin, an ein gewisses Vorkommnis zu denken«, sagte er lächelnd. »Als Kossorotow vor fünf Jahren den Orden der Heiligen Anna zweiter Klasse bekam und sich dafür bedankte, sagte Seine Erlaucht folgendes zu ihm: ›Sie haben jetzt also drei Annen: Eine im Knopfloch und zwei am Halse.‹ Zu dieser Zeit war nämlich Kossorotows Frau, eine zänkische und leichtsinnige Person, die Anna hieß, wieder zu ihm zurückgekommen. Ich hoffe,

Seine Erlaucht wird, wenn ich einmal den Annenorden zweiter Klasse bekomme, keinen Grund haben, mir Gleiches zu sagen.«

Seine kleinen Äuglein lächelten. Und Anja lächelte ebenfalls, ganz außer sich bei dem Gedanken, dieser Mann könne sie jeden Augenblick mit seinen vollen feuchten Lippen küssen, und sie habe schon kein Recht mehr, ihm das zu verweigern. Die weichen Bewegungen seines rundlichen Körpers flößten ihr Furcht ein, sie fühlte sich angewidert. Er stand auf, nahm ohne Eile den Orden vom Hals, zog den Frack und die Weste aus und hüllte sich in seinen Schlafrock.

»Schön«, sagte er und setzte sich neben Anja.

Sie erinnerte sich, wie qualvoll die Trauung gewesen war, als es ihr so vorkam, der Geistliche, die Gäste und alle in der Kirche schauten sie mitleidsvoll an: Weshalb nur, weshalb heiratet sie, die so lieb und hübsch ist, diesen nicht mehr jungen, uninteressanten Mann? Noch heute früh war sie begeistert gewesen, daß alles so gut geklappt hatte, doch während der Trauung und auch jetzt im Zug fühlte sie sich schuldig, betrogen und lächerlich. Jetzt hatte sie also einen reichen Mann geheiratet, doch Geld besaß sie trotz alledem nicht, das Geld für das Brautkleid hatte sie sich borgen müssen, und als der Vater und die Brüder sie heute an den Zug brachten, sah sie ihren Gesichtern an, daß sie über keine einzige Kopeke mehr verfügten. Ob sie heute abend wohl etwas zu essen haben? Und morgen? Und ihr schien, der Vater und die Jungen würden jetzt ohne sie hungrig dasitzen und genauso traurig sein wie am Abend nach dem Begräbnis der Mutter.

Oh, wie unglücklich ich bin! dachte sie. Warum bin ich nur so unglücklich?

Mit der Plumpheit eines gesetzten Mannes, der den Umgang mit Frauen nicht gewohnt ist, berührte Modest Alexejitsch ihre Taille und klopfte ihr auf die Schulter, sie aber dachte an das Geld, an die Mutter und deren Tod. Als die Mutter gestorben war, fing der Vater, Pjotr Leontjitsch, Lehrer für Schönschreiben und Zeichnen am Gymnasium, zu trinken an, und die Not brach über sie herein. Die Jungen hatten keine Stiefel und keine Überschuhe, den Vater schleppte man vor den Friedensrichter, der Gerichtsvollzieher erschien und pfändete die Möbel ... Was für eine Schande! Anja mußte den betrunkenen Vater betreuen, den Brüdern die Strümpfe stopfen und auf den Markt gehen, und wenn ihre Schönheit, ihre Jugend und ihre feinen Manieren gelobt wurden, so schien ihr immer, alle Welt würde nur ihr billiges Hütchen und die mit Tinte überpinselten Löcher an den Stiefeln sehen. Und nachts brach sie in Tränen aus, und es beunruhigte sie der Gedanke, der Vater könnte wegen seiner Trunksucht sehr, sehr bald aus dem Gymnasium entlassen werden, und er würde dies nicht verwinden und ebenso wie die Mutter sterben. Doch einige Damen aus dem Bekanntenkreis kümmerten sich um sie und hielten nach einem guten Mann Ausschau. Bald darauf fand sich dieser Modest Alexejitsch, der zwar nicht mehr jung war und nicht hübsch, aber Geld besaß. Er hatte auf der Bank hunderttausend Rubel und außerdem ein Erbgut, das er verpachtete. Er war ein Mann mit Prinzipien und bei Seiner Erlaucht gut angeschrieben; ihm würde es nichts kosten, Seine Erlaucht um einen Brief an den Direktor des Gymnasiums oder sogar an den Schulrat zu bitten, damit Pjotr Leontjitsch nicht entlassen würde ...

Während ihr diese Einzelheiten durch den Kopf gingen,

drang plötzlich Musik und Stimmengewirr zum Fenster herein. Der Zug hielt auf einer kleinen Station. In der Nähe des Bahnsteigs wurde eifrig auf einer Ziehharmonika und einer billigen, quietschenden Geige gespielt, und hinter den hohen Birken und Pappeln, hinter den von Mondschein überfluteten Landhäusern spielte ein Militärorchester – wahrscheinlich fand dort ein Tanzabend statt. Auf dem Bahnsteig gingen die Bewohner der Landhäuser und die Städter auf und ab, die bei diesem schönen Wetter hierhergefahren waren, um die reine Landluft zu genießen. Unter ihnen befand sich auch Artynow, dem dieser ganze Ort gehörte, ein reicher Mann, groß, dick, brünett, mit dem Gesicht eines Armeniers, vorstehenden Augen und einem seltsamen Gewand. Er trug ein über der Brust offenstehendes Hemd und hohe Stiefel mit Sporen, und von seinen Schultern hing ein schwarzer Umhang herab, der wie eine Schleppe auf dem Boden nachschleifte. Hinter ihm gingen, die spitzen Schnauzen gesenkt, zwei Windhunde.

In Anjas Augen glänzten noch Tränen, doch sie dachte schon nicht mehr an ihre Mutter, an das Geld oder an ihre Hochzeit, sondern sie schüttelte den bekannten Gymnasiasten und Offizieren die Hände, lachte fröhlich und sagte hastig: »Guten Tag! Wie geht es Ihnen?«

Sie ging hinaus auf die Plattform und stellte sich im Mondschein so hin, daß sie jeder in ihrem neuen herrlichen Kleid und in ihrem Hut sehen konnte.

»Weshalb halten wir hier?« fragte sie.

»Hier ist eine Ausweichstelle«, antwortete man ihr, »wir warten auf den Postzug.«

Als sie merkte, daß Artynow sie beobachtete, kniff sie kokett die Augen zusammen und begann laut französisch zu sprechen, und weil ihre Stimme einen so schönen Klang hatte und weil die Musik spielte und weil der Mond sich im Teich spiegelte und weil Artynow, dieser bekannte Don Juan und Lebemann, sie so begehrlich und neugierig ansah und weil allen so fröhlich zumute war, empfand sie plötzlich große Freude, und als sich der Zug in Bewegung setzte und die ihr bekannten Offiziere zum Abschied die Hand an den Mützenschild legten, summte sie schon die Polka mit, die das Militärorchester dröhnend irgendwo hinter den Bäumen spielte und deren Töne es dem Zug nachsandte, und sie ging in ihr Abteil zurück in einer Stimmung, als hätte man sie eben auf der Station davon überzeugt, daß sie unbedingt glücklich sein würde, was auch immer kommen mochte.

Die Jungvermählten verbrachten zwei Tage in dem Kloster und kehrten dann in die Stadt zurück. Sie wohnten in einer Dienstwohnung. Wenn Modest Alexejitsch zum Dienst gegangen war, spielte Anja auf dem Flügel oder weinte vor Langeweile, oder sie legte sich auf die Couch und las Romane oder betrachtete ein Modejournal. Beim Mittagessen aß Modest Alexejitsch sehr viel und sprach von Politik, von Ernennungen, von Beförderungen und Auszeichnungen, er betonte, daß man arbeiten müsse, daß das Familienleben kein Vergnügen, sondern eine Pflicht sei, daß die Kopeke nicht geringer zu achten sei als der Rubel und daß er Religion und Sittlichkeit über alles in der Welt stelle. Während er sein Messer wie ein Schwert in der Faust hielt, erklärte er: »Jeder Mensch muß seine Pflichten kennen!«

Und Anja hörte ihm zu, sie ängstigte sich, konnte nichts essen und stand gewöhnlich hungrig vom Tisch auf. Nach dem Essen schlief ihr Mann und schnarchte dabei laut, sie aber ging zu den Ihren. Der Vater und die Jungen sahen sie so seltsam an, als hätten sie kurz vor ihrem Erscheinen schlecht von ihr gesprochen, weil sie wegen des Geldes einen faden und langweiligen Mann geheiratet hatte, den sie nicht liebte; ihre rauschenden Kleider, ihre Armreifen und überhaupt ihr ganzes damenhaftes Aussehen genierte und beleidigte sie; in ihrer Gegenwart wurden sie ein wenig verlegen und wußten nicht, worüber sie mit ihr sprechen sollten; doch trotz alledem liebten sie sie wie früher und hatten sich noch nicht daran gewöhnt, ohne sie Mittag zu essen. Sie setzte sich und aß mit ihnen Kohlsuppe, Brei und Kartoffeln, die in Hammelfett gebraten waren, das nach Wachskerzen roch. Pjotr Leontjitsch schenkte sich mit zitternder Hand aus der Karaffe ein und trank hastig, gierig und widerwillig, dann trank er ein zweites Glas, dann ein drittes ... Petja und Andrjuscha, die beiden mageren blassen Jungen mit den großen Augen, nahmen die Karaffe und sagten verwirrt: »Nicht doch, Papa ... hör auf, Papa!«

Und Anja regte sich ebenfalls auf, sie flehte ihn an, nicht zu trinken, doch er brauste plötzlich auf und schlug mit der Faust auf den Tisch.

»Ich erlaube niemandem, mich zu überwachen!« schrie er. »Grüne Jungen seid ihr! Ein dummes Mädchen bist du! Ich jage euch alle aus dem Haus!«

Doch in seiner Stimme schwang Güte und Schwäche mit, und niemand fürchtete ihn. Nach dem Essen machte er sich gewöhnlich fein; blaß, das Kinn vom Rasieren zerschnitten, den dürren Hals gereckt, stand er eine ganze halbe Stunde vor dem Spiegel und putzte sich heraus, er kämmte sich, zwirbelte seinen schwarzen Schnurrbart, bespritzte sich mit Parfüm und band sich den Schlips; dann zog er die Handschuhe an, setzte den Zylinder auf und ging fort, um Privatstunden zu geben. An Feiertagen blieb er zu Haus und malte in Öl oder spielte auf dem Harmonium, das immer zischte und knarrte; er bemühte sich, ihm klare, harmonische Töne zu entlocken, und sang dazu oder schimpfte auf die Jungen: »Ihr Schurken! Ihr Lumpen! Ihr habt mir das Harmonium verdorben!«

Abends spielte Anjas Mann mit seinen Kollegen, die wie er in dem Haus eine Dienstwohnung innehatten, Karten. Während des Kartenspiels kamen auch die Frauen der Beamten zusammen, sie waren häßlich, geschmacklos gekleidet und grob wie Köchinnen, und in der Wohnung begann ein Geklatsche, das genauso geschmacklos und häßlich war wie das Aussehen der Beamtenfrauen. Es kam vor, daß Modest Alexejitsch mit Anja ins Theater ging. In den Pausen wich er keinen Schritt von ihrer Seite und ging mit ihr Arm in Arm durch die Korridore und das Foyer. Wenn er sich vor jemandem verbeugte, flüsterte er gleich danach Anja zu: »Ein Staatsrat ... hat Zugang bei Seiner Erlaucht ...« Oder: »Der ist vermögend ... hat ein eigenes Haus ...« Als sie am Büfett vorbeikamen, verspürte Anja großen Appetit auf etwas Süßes; sie liebte Schokolade und Apfelkuchen, aber sie hatte kein Geld und schämte sich, ihren Mann darum zu bitten. Er nahm eine Birne, drückte an ihr herum und fragte unentschlossen: »Wieviel kostet sie?«

»Fünfundzwanzig Kopeken!«

»Na so was!« sagte er und legte die Birne an ihren Platz zurück; doch weil es ihm peinlich war, vom Büfett wegzugehen, ohne etwas gekauft zu haben, verlangte er Selterswasser und trank allein eine ganze Flasche aus, wobei ihm Tränen in die Augen traten, und in diesem Augenblick haßte ihn Anja. Oder er wurde plötzlich rot und sagte rasch: »Verbeuge dich vor dieser alten Dame!«

»Aber ich kenne sie doch gar nicht.«

»Ganz egal. Das ist die Gattin des Vorstehers des Kameralhofs! Verbeuge dich doch, hörst du nicht!« knurrte er hartnäckig. »Dir wird schon nicht der Kopf abfallen.«

Anja verbeugte sich, und ihr Kopf fiel in der Tat nicht ab, doch es war eine Qual. Sie tat alles, was ihr Mann von ihr verlangte, und ärgerte sich über sich selbst, daß er sie betrogen hatte wie eine Närrin. Sie hatte ihn nur des Geldes wegen geheiratet, doch jetzt verfügte sie über weniger Geld als vor ihrer Heirat. Früher hatte ihr der Vater wenigstens einmal ein Zwanzigkopekenstück gegeben, doch jetzt besaß sie keinen Heller. Sich heimlich etwas zu nehmen oder ihren Mann darum zu bitten brachte sie nicht fertig, sie fürchtete ihn, sie zitterte vor ihm, ihr schien, als trage sie die Furcht vor diesem Mann schon lange mit sich herum. Früher, in ihrer Kindheit, war ihr der Direktor des Gymnasiums als eine riesige und entsetzliche Macht erschienen, die gleich einer Wolke oder einer Lokomotive, die sie zermalmen wollte, auf sie zukam. Eine andere, ähnliche Macht, von der innerhalb der Familie immer gesprochen wurde und vor der sich aus irgendeinem Grunde alle fürchteten, war Seine Erlaucht gewesen. Und dann hatte es noch ein Dutzend nicht ganz so starker Mächte gegeben, zu ihnen gehörten auch die Lehrer des Gymnasiums, die schnurrbartlos, streng und unerbittlich waren, und nun war es Modest Alexejitsch, ein Mann mit Prinzipien, der dem Direktor sogar ähnlich sah. Und in Anjas Vorstellung vereinigten sich alle diese Mächte und gingen in Gestalt eines entsetzlichen, riesigen Eisbären auf die Schwachen und Schuldigen los, auf Menschen wie ihren Vater, und sie fürchtete sich, etwas gegen diese Mächte zu sagen, sie lächelte gezwungen und tat so, als sei sie außerordentlich zufrieden, wenn er sie grob liebkoste und sie mit Umarmungen beschmutzte, die sie mit Angst erfüllten.

Nur ein einziges Mal wagte es Pjotr Leontjitsch, ihn um ein Darlehen von fünfzig Rubel zu bitten, um eine höchst unangenehme Schuld zu bezahlen, doch was war das für eine Qual!

»Gut, ich werde Ihnen diese Summe geben«, sagte Modest Alexejitsch, nachdem er etwas nachgedacht hatte. »Doch ich mache Sie darauf aufmerksam, daß ich Ihnen ein zweites Mal nicht helfen werde, falls Sie nicht aufgehört haben sollten zu trinken. Für einen Mann, der im Staatsdienst steht, ist diese Schwäche beschämend. Ich kann nicht umhin, Sie an die allgemein bekannte Tatsache zu erinnern, daß dieses Laster viele fähige Menschen zugrunde gerichtet hat, die vielleicht bei entsprechender Enthaltsamkeit mit der Zeit noch hochgestellte Persönlichkeiten geworden wären.«

Und nun folgten eine Menge langer Sätze, in denen es von »in dem Maße, wie ...«, »diesen Umstand in Betracht ziehend ...« und »auf Grund des eben Gesagten ...« nur so wimmelte, und der arme Pjotr Leontjitsch litt unter dieser Erniedrigung und empfand den starken Wunsch, etwas zu trinken.

Und die Jungen, die Anja meist in ihren zerrissenen Stiefeln und abgetragenen Hosen besuchten, mußten sich diese Belehrungen auch anhören.

»Jeder muß seine Pflicht kennen!« sagte Modest Alexejitsch. Doch Geld gab er nicht. Aber dafür schenkte er Anja

Ringe, Armbänder und Broschen und bemerkte dabei, es sei gut, diese Dinge für schlimme Zeiten aufzubewahren. Und häufig machte er ihre Kommode auf und veranstaltete eine Revision, ob noch alle Sachen da seien.

2

Unterdessen war der Winter gekommen. Schon lange vor Weihnachten war in der Lokalzeitung die Anzeige erschienen, daß am 29. Dezember im Adelskasino der übliche Winterball »sich stattzufinden beehre«. Jeden Abend flüsterte Modest Alexejitsch nach dem Kartenspiel aufgeregt mit den Beamtenfrauen und warf besorgte Blicke auf Anja, dann ging er lange aus einer Zimmerecke in die andere und dachte über irgend etwas nach. Schließlich blieb er eines späten Abends vor Anja stehen und sagte: »Du mußt dir ein Ballkleid machen lassen. Du verstehst mich doch? Aber berate dich vorher mit Marja Grigorjewna und Natalja Kusminischna.«

Und er gab ihr hundert Rubel. Sie nahm sie; doch als sie sich das Ballkleid bestellte, fragte sie niemanden um Rat, sondern sprach nur mit dem Vater und versuchte sich vorzustellen, wie sich ihre Mutter zu diesem Ball angezogen hätte. Ihre verstorbene Mutter hatte sich immer nach der letzten Mode gekleidet; sie kümmerte sich viel um Anja, sie zog sie geschmackvoll an wie eine Puppe, lehrte sie französisch sprechen und ausgezeichnet Mazurka tanzen. (Vor ihrer Heirat war sie fünf Jahre Gouvernante gewesen.) Genau wie die Mutter konnte auch Anja aus einem alten Kleid ein neues machen, Handschuhe mit Benzin säubern und sich gegen Geld Schmuck ausleihen, und genau wie die Mutter verstand sie es auch, die Augen zuzukneifen, das R wie ein Franzose auszusprechen, eine schöne Haltung anzunehmen, sich, wenn es nötig war, zu begeistern und traurig oder rätselhaft dreinzuschauen. Vom Vater hatte sie die dunklen Augen und Haare geerbt, eine gewisse Nervosität und die Angewohnheit, sich immer schön zu machen. Als Modest Alexejitsch eine halbe Stunde vor der Abfahrt zum Ball ohne Rock in ihr Zimmer kam, um sich vor ihrem Spiegel den Orden um den Hals zu legen, war er von ihrer Schönheit und dem Glanz ihres reizenden, duftigen Ballkleides entzückt, er strich sich selbstzufrieden über den Backenbart und sagte: »Was für eine Frau ich habe ... was für eine Frau ich habe! Anjuta!« fuhr er fort, und sein Tonfall wurde plötzlich feierlich. »Ich habe dich glücklich gemacht, heute aber kannst du mich glücklich machen. Ich bitte dich, laß dich der Gattin Seiner Erlaucht vorstellen! Bei Gott! Durch sie könnte ich den Posten eines Oberreferenten bekommen!«

Sie fuhren zum Ball. Da waren auch schon das Adelskasino und die Auffahrt mit dem Portier, der Vorraum mit den Garderobenständern, die Pelze, die hin und her laufenden Diener und die dekolletierten Damen, die sich mit ihren Fächern vor der Zugluft zu schützen suchten. Es roch nach Leuchtgas und nach Soldaten. Als Anja am Arm ihres Mannes die Treppe hinaufging, die Musik vernahm und sich bei der Fülle des Lichts in dem großen Spiegel erblikkte, regte sich Freude in ihrem Herzen und die gleiche Ahnung des Glücks, die sie schon einmal beim Schein des Mondes auf der Bahnstation gehabt hatte. Ihr Gang war stolz und selbstbewußt, zum erstenmal fühlte sie sich nicht mehr als Mädchen, sondern als Dame, und unwillkürlich ahmte sie in Haltung und Benehmen die verstorbene Mutter nach. Zum erstenmal in ihrem Leben fühlte sie sich reich und frei. Sogar die Gegenwart ihres Mannes störte sie nicht, denn als sie die Schwelle des Kasinos überschritt, hatte sie instinktiv begriffen, daß die Nähe ihres alten Mannes sie nicht im geringsten erniedrigte, sondern, ganz im Gegenteil, ihr den Reiz eines pikanten Geheimnisses verlieh, das den Männern so gefällt. Im großen Saal dröhnte schon das Orchester, und der Tanz begann. Nach der Dienstwohnung kam sich Anja, beeindruckt von dem Licht, der Buntheit, der Musik und des Stimmengewirrs, wie verwandelt vor, sie blickte um sich und dachte: Ach, wie schön! Und sofort bemerkte sie in der Menge alle Bekannten, die sie früher bei Abendgesellschaften oder auf Spaziergängen kennengelernt hatte, all diese Offiziere, Lehrer, Advokaten, Beamten und Gutsherren, Seine Erlaucht Artynow und auch die Damen der höchsten Gesellschaft, die – herausgeputzt, tief dekolletiert und sowohl hübsch als auch häßlich – schon ihre Plätze in den Verkaufsständen und Pavillons des Wohltätigkeitsbasars eingenommen hatten, um mit dem Verkauf zugunsten der Armen zu beginnen. Ein riesiger Offizier mit Epauletten – sie hatte ihn auf der Staro-Kijewskaja kennengelernt, als sie noch Gymnasiastin war, sie erinnerte sich jetzt nicht mehr an seinen Namen – stand plötzlich wie aus dem Boden gewachsen vor ihr und forderte sie zu einem Walzer auf, und sie flog ihrem Mann davon, und ihr war zumute, als führe sie bei starkem Sturm auf einem Segelschiff und ihr Mann wäre weit weg am Ufer geblieben ... Sie tanzte voller Leidenschaft und Hingabe Walzer, Polka, Quadrille, sie schwebte von einem Arm in den anderen, sie glühte förmlich bei der Musik und dem Lärm, sie vermengte russische und französische Wörter, sie sprach das R wie ein Franzose aus, lachte und dachte weder an ihren Mann noch an sonst etwas. Sie hatte Erfolg bei den Männern, das war klar, doch das konnte auch gar nicht anders sein, sie holte kaum Luft vor Erregung, preßte krampfhaft den Fächer in den Händen und hatte Durst. Ihr Vater, Pjotr Leontjitsch, trat in einem zerknüllten Frack, der nach Benzin roch, an sie heran und reichte ihr ein Schälchen mit rotem Eis.

»Du bist heute bezaubernd«, sagte er und sah sie entzückt an, »noch nie habe ich es so bedauert, daß du so schnell geheiratet hast ... Weshalb nur? Ich weiß, du hast es nur uns zuliebe getan, doch ...« Er zog mit zitternder Hand ein Päckchen Geldscheine hervor und sagte: »Ich habe heute das Honorar für meine Privatstunden bekommen und kann deinem Mann das Darlehen zurückgeben.«

Sie drückte ihm das Schälchen mit dem Eis in die Hand, flog in den Armen eines anderen davon und sah, als sie flüchtig über die Schulter ihres Kavaliers blickte, wie der Vater, auf dem Parkett leicht ausrutschend, eine Dame umfaßte und mit ihr durch den Saal wirbelte.

Wie lieb er ist, wenn er nicht getrunken hat, dachte sie.

Mazurka tanzte sie mit dem riesigen Offizier von vorhin; würdevoll und gewichtig wie ein ausgeweideter Stier in Uniform schritt er dahin, bewegte die Schultern und die Brust und stampfte kaum mit den Füßen – er hatte überhaupt keine Lust zu tanzen, doch sie flatterte um ihn herum, reizte ihn mit ihrer Schönheit und ihrem entblößten Hals, ihre Augen glänzten herausfordernd, und ihre Bewegungen waren voller Leidenschaft, er aber wurde immer gleichmütiger und reichte ihr gnädig die Hand wie ein König.

»Bravo, bravo!« rief man aus der Menge.

Doch auf die Dauer konnte ihr der riesige Offizier nicht widerstehen, er wurde lebhaft, leidenschaftlich und kam schließlich – schon völlig ihrem Zauber erlegen – in Wallung und bewegte sich leicht und jugendlich, sie aber zuckte nur mit den Schultern und sah verschmitzt drein, als wäre sie schon die Königin und er der Sklave. Ihr schien, der ganze Saal blicke auf sie und all diese Leute seien entzückt und beneideten sie. Kaum hatte sich der riesige Offizier vor ihr verbeugt, da teilte sich plötzlich die Menge, und die Männer stellten sich alle seltsam aufrecht hin und legten die Hände an die Hosennaht ... Es näherte sich ihr Seine Erlaucht im Frack mit zwei Sternen. Ja, Seine Erlaucht ging geradewegs auf sie zu, denn er sah nur sie an, lächelte süßlich und murmelte, was bei ihm immer der Fall war, wenn er hübsche Frauen zu Gesicht bekam.

»Sehr erfreut, sehr erfreut ...«, begann er. »Werde anordnen, daß man Ihren Mann in Arrest abführt, weil er solch einen Schatz bis jetzt vor uns verborgen hat. Ich komme zu Ihnen im Auftrag meiner Frau«, fuhr er fort und reichte ihr die Hand. »Sie müssen uns helfen ... hm, ja ... Sie müßten eigentlich einen Schönheitspreis bekommen ... wie in Amerika ... hm, ja ... Die Amerikaner ... Meine Frau wartet schon voller Ungeduld auf Sie.«

Er führte sie an einen Verkaufsstand zu einen Dame, deren untere Gesichtshälfte unverhältnismäßig groß war, so daß man glaubte, sie habe einen großen Stein im Mund.

»Helfen Sie uns doch«, sprach sie näselnd und in singendem Tonfall. »Alle hübschen Frauen sind beim Wohltätigkeitsbasar beschäftigt, und nur Sie allein vergnügen sich. Warum wollen Sie uns nicht helfen?«

Sie ging fort, und Anja nahm ihren Platz neben dem silbernen Samowar und den Teetassen ein. Sofort begann ein reger Verkauf. Für eine Tasse Tee nahm Anja nicht weniger als einen Rubel, und den riesigen Offizier zwang sie, drei Tassen zu trinken. Artynow trat heran, der reiche, an Atemnot leidende Mann mit den vorstehenden Augen, er trug jedoch nicht so ein seltsames Gewand wie im Sommer, als ihn Anja zum erstenmal gesehen hatte, sondern einen Frack wie alle. Ohne die Augen von Anja zu wenden, trank er ein Glas Champagner und zahlte hundert Rubel, dann trank er Tee und gab noch einmal hundert Rubel – und all das ohne ein Wort, asthmatisch keuchend ... Anja lockte die Käufer an und nahm ihnen das Geld ab, sie war bereits zutiefst davon überzeugt, daß ihr Lächeln und ihre Blicke den Leuten großes Vergnügen bereiteten. Sie hatte schon begriffen, daß sie ausschließlich für dieses lärmende, glänzende und lachende Leben mit Musik, Tanz und Verehrern geschaffen war, und ihre kürzliche Angst vor einer Macht, die drohend auf sie zurollen und sie zermalmen könnte, schien ihr einfach lächerlich; sie fürchtete niemanden mehr und bedauerte nur, daß die Mutter nicht mehr lebte – sie hätte sich jetzt zusammen mit ihr über diesen Erfolg gefreut.

Pjotr Leontjitsch, schon bleich, aber noch fest auf den Beinen, trat an den Verkaufsstand heran und bat um ein Gläschen Kognak. Anja errötete und dachte, er würde etwas Unpassendes sagen (sie schämte sich schon ihres armen und gewöhnlichen Vaters), doch er trank nur ein Glas, warf ihr aus seinem Geldpäckchen zehn Rubel hin und verließ würdevoll den Verkaufsstand ohne ein Wort. Etwas später, als er in der grand ronde tanzte, schwankte er schon und schrie irgend etwas zur großen Verwirrung seiner Dame, und Anja erinnerte sich, wie er vor drei Jahren auf einem Ball genauso geschwankt und herumgeschrien hatte – und wie dann alles damit geendet hatte, daß der Polizist ihn zum Schlafen nach Hause brachte und der Direktor am nächsten Tag drohte, ihn zu entlassen. Wie wenig paßte doch diese Erinnerung jetzt hierher!

Als die Feuer unter den Samowaren an den Verkaufsständen erloschen waren und die erschöpften Wohltätigkeitsjüngerinnen ihren Erlös der Dame mit dem Stein im Mund abgeliefert hatten, nahm Artynow Anjas Arm und führte sie in den Saal, wo das Abendessen für alle Teilnehmer des Wohltätigkeitsbasars serviert war. Nicht mehr als zwanzig Personen aßen dort, doch es ging sehr laut und fröhlich zu. Seine Erlaucht brachte einen Trinkspruch aus: »In diesem luxuriösen Speisesaal erscheint es angebracht, auf das Gedeihen der billigen Volksküchen zu trinken, denen der heutige Wohltätigkeitsbasar gewidmet ist.« Der Brigadegeneral erhob sein Glas »auf die Macht, vor der sogar die Artillerie in Verlegenheit gerät«, und alle wandten sich den Damen zu, um mit ihnen anzustoßen. Es ging sehr, sehr fröhlich zu.

Als man Anja nach Hause begleitete, wurde es schon hell, und die Köchinnen gingen auf den Markt. Glücklich, beschwipst, voll neuer Eindrücke und an allen Gliedern wie zerschlagen, zog sie sich aus, fiel ins Bett und war sofort eingeschlafen …

Um zwei Uhr weckte sie das Stubenmädchen und meldete, Herr Artynow sei gekommen. Sie zog sich rasch an und ging in den Salon. Kaum war Artynow weg, fuhr Seine Erlaucht vor, um für die Teilnahme am Wohltätigkeitsbasar zu danken. Er blickte sie an; süßlich lächelnd und murmelnd, küßte ihr das Händchen, bat um die Erlaubnis, sie wieder aufsuchen zu dürfen, und fuhr davon, sie aber stand verblüfft und wie verzaubert mitten im Salon und wollte nicht glauben, daß die Änderung in ihrem Leben, diese wunderbare Änderung, sich so schnell vollzogen hatte: Im selben Augenblick kam ihr Mann, Modest Alexejitsch, ins Zimmer ... Und er stand jetzt vor ihr mit dem gleichen kriecherischen, süßlichen, sklavisch-ehrfurchtsvollen Gesichtsausdruck, den sie bei ihm in Gegenwart mächtiger und angesehener Personen zu sehen gewohnt war, und voller Triumph, Entrüstung und Verachtung, bereits davon überzeugt, daß sie nichts mehr zu befürchten habe, sagte sie, jedes Wort deutlich aussprechend: »Scheren Sie sich hinaus, Sie Trottel!«

Danach hatte Anja schon keinen freien Tag mehr, denn sie nahm bald an einem Picknick, bald an einem Ausflug und bald an einer Aufführung teil. Jeden Tag kam sie erst gegen Morgen nach Haus, sie legte sich dann im Salon auf den Fußboden und erzählte später allen sehr rührend, wie sie unter Blumen schlafe. Sie brauchte sehr viel Geld, doch sie fürchtete sich nicht mehr vor Modest Alexejitsch und verbrauchte sein Geld, als ob es ihres wäre; sie bat nicht um Geld und forderte es auch nicht, sie schickte ihm nur Rechnungen und Zettelchen, auf denen stand: »Dem Überbringer sind zweihundert Rubel auszuhändigen« oder »Sofort hundert Rubel auszahlen!«

Zu Ostern erhielt Modest Alexejitsch den Annenorden zweiter Klasse. Als er seinen Dankbesuch abstattete, legte Seine Erlaucht die Zeitung beiseite und lehnte sich in seinem Sessel zurück.

»Sie haben jetzt also drei Annen«, sagte er und betrachtete seine weißen Hände mit den rosigen Fingernägeln, »eine im Knopfloch und zwei am Halse.«

Modest Alexejitsch legte zur Vorsicht zwei Finger an die Lippen, um ja nicht laut loszulachen, und erwiderte: »Jetzt bleibt uns nur noch die Hoffnung auf die Geburt eines kleinen Wladimir. Ich erkühne mich, Euer Erlaucht um die Patenschaft zu bitten.«

Er spielte auf den Wladimirorden vierter Klasse an und stellte sich vor, wie er überall von seinem Wortspiel erzählen würde, das so kühn und treffend war; er wollte noch etwas ebenso Treffendes sagen, doch Seine Erlaucht hatte sich schon wieder in die Zeitung vertieft und nickte nur ...

Anja aber fuhr in der Troika spazieren, ging mit Artynow auf die Jagd, spielte in Einaktern, nahm an großen Abendessen teil und erschien immer seltener bei den Ihren. Die aßen jetzt schon allein zu Mittag. Pjotr Leontjitsch trank noch mehr als früher, es war kein Geld da, und das Harmonium hatten sie schon lange schuldenhalber verkauft. Die Jungen ließen ihn jetzt nicht mehr allein auf die Straße, sie begleiteten ihn und paßten auf, daß er nicht hinfiel; und wenn ihnen auf der Staro-Kijewskaja Anja in einem Zweispänner mit Beipferd und Artynow auf dem Kutschbock entgegenkam, zog Pjotr Leontjitsch den Zylinder und wollte etwas schreien, doch Petja und Andrjuscha nahmen ihn bei den Armen und sagten flehentlich: »Hör doch auf, Papa ... Laß doch, Papa ...«

Zu dieser Ausgabe

Die Erzählungen »Die Dame mit dem Hündchen«, »Angst«, »Irrwisch« und »Eine langweilige Geschichte« sind folgendem Band entnommen: Anton Tschechow, Die Dame mit dem Hündchen und andere Erzählungen. Ausgewählt von Werner Berthel. Insel Verlag Frankfurt am Main 1976. Die Übersetzungen erschienen erstmals 1947 in Sammlung Dieterich 54 »Meistererzählungen. Verdeutscht und eingeleitet von Reinhold Trautmann« und 1949 in Sammlung Dieterich 95 »Neue Meistererzählungen. Verdeutscht und eingeleitet von Reinhold Trautmann«; © Aufbau Verlag GmbH & Co. KG, Berlin 1947, 1949 (Sammlung Dieterich ist eine Marke der Aufbau Verlag GmbH & Co. KG). »Anna am Halse« wurde von Michael Pfeiffer übersetzt und wird nach folgender Ausgabe zitiert: Die Dame mit dem Hündchen. Meisterzählungen. © Aufbau Verlag GmbH & Co. KG, Berlin. Erstmals erschienen in: Gesammelte Werke in Einzelbänden. Verlag Rütten und Loening, Berlin 1967.